Der Tag mit Tiger

Andrea Schacht
Der Tag mit Tiger

ROMAN

Weltbild

Besuchen Sie uns im Internet:
www.weltbild.de

Genehmigte Lizenzausgabe für Verlagsgruppe Weltbild GmbH,
Steinerne Furt, 86167 Augsburg
Copyright der Originalausgabe © 2008 by
Aufbau Verlagsgruppe GmbH, Berlin.
Neubearbeitung eines Romans,
der erstmals 1994 mit demselben Titel erschienen ist.
Umschlaggestaltung: Atelier Seidel – Verlagsgrafik, Teising
Umschlagmotiv: Mauritius Images, Mittenwald
Gesamtherstellung: CPI Moravia Books s.r.o., Pohorelice
Printed in the EU

ISBN 978-3-8289-9402-7

2011   2010   2009   2008
Die letzte Jahreszahl gibt die aktuelle Lizenzausgabe an.

Vorwort
Wie eine Liebesgeschichte entstand

Es ist nunmehr zwanzig Jahre her, da entschloss sich Kater Maunzi, bei uns einzuziehen – und uns zu erziehen. Zu gehorsamen Dosen- und Türöffnern, pflichtgetreuen Fellkraulern, großmütigen Futterteilern und gelehrigen Katzensprachlern.

Sehr häuslich war der Kater nicht, er liebte es, in seinem Revier herumzustreichen, sich mit seinen Kumpels zu treffen und seinen wichtigen Geschäften nachzugehen.

Doch kam er regelmäßig nach Einbruch der Dunkelheit nach Hause, um sich zu mir auf das Sofa zu setzen. Und dann schaute er mich oft mit seinen so tiefgründigen Augen an, als ob er mir etwas ungeheuer Bedeutsames mitzuteilen hätte.

Eines Tages wusste ich es dann – er wollte mir sein Herrschaftsgebiet zeigen. Und wer war ich, dass ich mich der eindringlichen Bitte meines Katers verschließen konnte?

Ich verwandelte mich also – zuerst in eine Katze, dann in eine Schriftstellerin.

Die zweite Verwandlung ließ sich leider nicht mehr rückgängig machen.

Der Unfall

Tiger war auf dem Weg nach Hause.

In seinem Revier herrschte Ordnung, die Futterzeit war in angenehme Nähe gerückt. Vor ihm lagen noch einige Meter Gestrüpp und die schmale Nebenstraße. Er war sehr zufrieden mit sich und seiner Umgebung. Der Auslauf ins Grüne mit allen notwendigen Attraktionen war schnell zu erreichen, und mit den anderen Bewohnern des ruhigen Wohngebietes hatte er sich seit Langem arrangiert – na ja, weitgehend. Den Hunden begegnete er mit der ihnen gebührenden Achtung, Tiere quälende Kinder waren selten und die Autofahrer nahmen meist Rücksicht auf alle Arten von Haustieren.

Die Sonne schien warm auf seinen braun-schwarz getigerten Rücken, als er aus dem Dickicht am Straßenrand hervortrat. Der Asphalt fühlte sich so angenehm aufgeheizt unter seinen Ballen an, er konnte der Versuchung nicht widerstehen, sich für einige schläfrige Augenblicke lang gestreckt auf dem heißen Boden mitten auf der Fahrbahn auszuruhen. Sein Mensch würde sowieso erst in einigen Minuten nach Hause kommen, um die Dose zu öffnen. Tiger legte sich auf den Bauch, den Kopf auf die gekreuzten Pfoten gebettet, und schloss die Augen.

Seine Ohren blieben dennoch in Aufnahmebereitschaft. Darum vernahm er auch das grelle Quietschen der Reifen auf dem Asphalt, als ein sportlich hergerichteter, knallroter Kleinwagen um die Kurve schleuderte.

Mit einem Satz sprang er auf, um sich in Sicherheit zu bringen. Doch das Fahrzeug war schneller. Rotes Blech traf seinen Kopf mit einem harten Schlag und sein Körper wurde auf den Bürgersteig geschleudert. Hier blieb er liegen.

Der Fahrer hatte von dem Unfall nichts gemerkt, er schoss mit gleichbleibender Geschwindigkeit um die nächste Ecke.

Für Tiger war es dunkel geworden.

Anne

Beschwingt lief Anne zu ihrem Auto auf dem Firmenparkplatz, und kurze Zeit später war sie auf dem Weg zum Supermarkt, wo sie einige Einkäufe erledigte, um für sich und ihren Kater ein exklusives Abendessen zubereiten zu können. Während sie anschließend nach Hause fuhr, summte sie falsch, aber ausgesprochen gut gelaunt die Melodie aus dem Autoradio mit. Für sich hatte sie ein frisches Huhn und Gemüse erstanden und für Tiger ein paar Schälchen Schleckerkatz seiner Lieblingsgeschmacksrichtung *Rind in Gelee* gekauft. Dazu eine nicht allzu kleine Portion Hackfleisch.

Die Woche war anstrengend, aber erfolgreich gewesen. Wie üblich hatte es noch ein wenig Geplänkel gegeben, und das hartnäckige Angebot ihres Kollegen, sie endlich einmal zum Essen einladen zu dürfen, hatte sie freundlich lächelnd mit den Worten abgelehnt: »Tut mir leid, Jörg, aber ich habe für heute Abend schon einen Gast zum Essen.«

»Hast du etwa doch wieder einen Freund?«, hatte Jörg misstrauisch zurückgefragt.

Ivonne mischte sich ein und beruhigte ihn: »Vermutlich

wird sie sich mit ihrer Verabredung eine fangfrische Maus teilen. Stimmt's, Anne?«

Entschuldigend zuckte Anne nur mit den Schultern. »In der Tat. Ich habe Tiger ziemlich vernachlässigt in den letzten Wochen. Er hat sich einen kleinen Festschmaus verdient. Ich nehme deine Einladung ein andermal an, Jörg. Bestimmt! Aber jetzt muss ich los.«

Anne wusste, dass die Kollegen sich über ihre Katzenliebe mit leichtem Spott auslassen würden, aber nicht mehr als sie selbst, wenn es etwa um Jörgs übertriebenen Stolz auf seinen Sportwagen, Ivonnes Manikürefimmel oder andere kleine Schrulligkeiten ging.

Es war der wunderschöne Nachmittag eines Frühsommertages. Beim Autofahren freute sich Anne wieder einmal darüber, wie günstig ihre kleine Wohnung lag. Heute hatte sie früh genug Feierabend gemacht und wollte sich ein wenig auf die windgeschützte Terrasse setzen, und wenn man dem wettervorhersagenden Nachrichtensprecher glauben konnte, würde es auch am Wochenende dazu Gelegenheit geben. Dann würden alle Gärten und Veranden zum Leben erwachen und die nachbarschaftlichen Unterhaltungen wieder beginnen, die in den Wintermonaten immer etwas einschliefen.

Obwohl sie schon seit fast sieben Jahren in der ruhigen Seitenstraße wohnte, kannte Anne ihre Nachbarn nicht besonders gut. Sie war viel außer Haus, und da sich in diesem Teil der Wohngegend niemand aufdrängte, blieb es bei einem gelegentlichen Schwätzchen über den Zaun oder beim Einkaufen. Erst als Tiger zu ihr gezogen war, hatte sie – aus gegebenem Anlass – mit einigen anderen Katzenbesitzern Kontakt bekommen.

Da war zum Beispiel der Rentner Emil Mahlberg, der nach dem Tode seiner Frau sein leeres Haus nur noch mit seinem Kater Jakob teilte und häufig die Gelegenheit nutzte, mit Anne ein paar Worte über das Wetter und die Katzen zu wechseln. Jakob war sein Ein und Alles, aber nach außen hin schien es eine eher einseitige Beziehung zu sein. Der weiße Kater mit den braunen Flecken im Fell wirkte mürrisch und zurückhaltend. Annes einmaliger Versuch, ihn zu streicheln, war mit einem Fauchen und einem derben Kratzer belohnt worden. Anschließend hatte Jakob ihr demonstrativ das Hinterteil zugedreht. Emil hatte lachend um Entschuldigung für sein schlechtes Benehmen gebeten und versichert, Jakob sei eigentlich ein sehr liebevolles Tier, nur schon ein wenig alt. Da habe man eben so seine Schrullen.

Anne hatte nie vergessen, mit was für einem sprechenden Blick auf seinen Menschen Jakob diese Worte kommentiert hatte.

Mehr Erfolg mit ihren Annäherungen hatte sie bei der Katze von Minni Schwarzhaupt. Cleo hatte nur noch drei Beine, auf denen sie aber fröhlich durchs Leben hoppelte. Sie ließ sich gerne streicheln, und wenn Tiger das beobachtete, hatte Anne immer den Eindruck, dass er nur mit Mühe seine Eifersucht unterdrücken konnte.

Zwei Siamkatzen streiften hin und wieder hochnäsig an ihrer Wohnung vorbei, waren aber einem freundlichen Gruß und einem leichten Strich über den Kopf nicht abgeneigt. Wem sie gehörten, wusste Anne nicht, vermutete ihr Zuhause jedoch ganz in der Nähe.

Bei einer weiteren Katze hatte allerdings auch ihr Besitzer eine gewisse Neugier bei ihr geweckt. In dem Mehrfamilienhaus zur rechten Seite wohnte ein gut aussehender Mann mit einer Faltohrkatze. Diese cremefarbene Scottish Fold besuchte Tiger oftmals und war sogar schon einmal wissbegierig, aber überaus vorsichtig bis in die Küche gekommen und hatte eine gastlich angebotene Portion Milch akzeptiert. Mit ihrem Besitzer hätte Anne gerne mal über sie geplaudert, aber Christian Braun schien ein wenig ungesellig zu sein.

Inzwischen war Anne am Ortseingang angekommen und bog gleich darauf in ihre Straße ein. Sie parkte vor dem Nachbarhaus, holte den Einkaufskorb aus dem Kofferraum und wollte eben über die Straße gehen, als sie Tiger auf dem Bürgersteig liegen sah.

Sie stellte den Korb ab, ging die wenigen Schritte auf ihn zu und sprach ihn an.

»Hallo, Tiger, mein Alter! Was liegst du denn hier so faul in der Sonne?«

Sie bückte sich und wollte ihn kraulen. Dabei merkte sie, dass irgendetwas mit ihm nicht stimmte. Tigers Augen waren halb geschlossen und aus seinem Mäulchen tropfte Blut.

»O Gott, Tiger!«, murmelte sie und kniete sich nieder.

Der Katzenkörper fühlte sich noch ganz warm an, und als sie ihn vorsichtig anfasste, vermeinte sie ein ganz leises Schnurren zu hören. Vorsichtig streichelte sie ihm über den Kopf und flüsterte entsetzt: »Warte, mein Kleiner, ich werde versuchen, dir zu helfen.«

Im Sturmschritt lief Anne auf das Haus zu, raste ans Telefon und wählte die Nummer des Tierarztes. Zum Glück erreichte sie ihn sofort, und er versprach ihr, sich um den Patienten zu kümmern, sowie sie vorbeikäme. In fliegender Hast räumte sie den Katzenkorb aus dem Keller – Tiger hatte ihn selten benutzt und hasste ihn innig – und lief auf die Straße zurück. Als sie zu dem bewusstlosen Tier kam, kniete ein Mann neben ihm, den sie mit Erstaunen als ihren Nachbarn Christian erkannte.

»Er ist angefahren worden, nicht wahr?«, erkundigte er sich, während er zu ihr aufsah.

»Es sieht so aus.« Zornig entfuhr ihr: »Wie ich diese Idioten hasse!«

Christian murmelte beruhigend: »Kommen Sie, wir legen ihn ganz vorsichtig in den Korb. Sie fahren sicher zum Tierarzt mit ihm, nicht wahr?«

Anne nickte, und behutsam half er ihr, den schlaffen kleinen Körper in den Korb zu heben und zum Auto zu tragen.

»Dr. Wendels Praxis ist zum Glück nicht weit.«

Bevor sie ins Auto stieg, blickte Anne ihren Helfer noch einmal unglücklich an und meinte: »Ich bin ganz zitterig. Das arme kleine Wesen.«

»Fahren Sie vorsichtig. Ich hoffe, Dr. Wendel kann ihm noch helfen. Er ist ein guter Tierarzt. Meine Nina hat er auch schon verarztet.«

Christian schloss die Autotür und Anne machte sich mit einem klammen Gefühl im Bauch auf den Weg zur Praxis. Um heftige Bewegungen in dem Katzenkorb zu vermeiden, zwang sie sich, trotz ihrer Besorgnis langsam und vorsichtig zu fahren.

Dr. Wendel machte ihr nach der Untersuchung wenig Hoffnung.

»Frau Breitner, so leid es mir tut, wir werden Ihren Tiger wohl einschläfern müssen. Äußerlich hat er außer einer Risswunde am Kopf keine Verletzungen, aber die Schädelknochen haben den Schlag durch das Auto nicht ausgehalten. Er hat nur noch wenige Stunden zu leben.«

Anne stand mit trockenem Mund im Behandlungszimmer. Nach drei erfolglosen Versuchen zu sprechen sagte sie endlich mit heiserer Stimme: »Ich wusste gar nicht, wie sehr ich an dem Kater hänge, Herr Doktor. Er ist mir doch erst vor drei Jahren zugelaufen.«

»Wer von einer Katze adoptiert wird, der kann sich selten so einfach von ihr trennen.«

»Wenn er wirklich sterben muss, kann ich ihn dann nicht mit nach Hause nehmen, damit er in seinem Körbchen einschläft?«

»Wenn Sie das wollen, kann ich Sie natürlich nicht daran hindern. Aber es ist möglicherweise nicht sehr schön für Sie.«

»Trotzdem – ich will ihn mitnehmen«, sagte Anne mit plötzlicher Bestimmtheit.

»Nun gut, aber ich gebe dem Kater ein schmerzstillendes Mittel, damit er nicht leidet.«

So fuhr Anne mit ihrem Tiger an dem warmen Sommerabend zurück nach Hause.

Wie Tiger und Anne zusammenfanden

Als sie in der Wohnung angekommen waren, hob Anne Tiger vorsichtig aus dem Transportkorb und legte ihn auf seine Decke auf dem Sofa, auf der er so viele Abende gemeinsam mit ihr verbracht hatte. Seine äußerliche Kopfwunde war gereinigt und kaum zu erkennen, und so machte er trotz seiner Bewusstlosigkeit einen friedlichen Eindruck.

Es war über die Ereignisse inzwischen spät geworden. Der Appetit an dem geplanten Abendessen war Anne durch den Unfall vergangen. Sie legte Huhn und Hackfleisch in den Kühlschrank, ließ aber den Einkaufskorb unausgeräumt auf dem Küchenschrank stehen. Dann goss sie sich ein Glas Milch ein und setzte sich zu Tiger auf das Sofa. Manchmal streichelte sie ihn vorsichtig und murmelte leise seinen Namen und all die liebevollen Bezeichnungen, mit denen sie ihn zusätzlich noch gerufen hatte. Angesichts des nahenden Abschieds von ihrem Tiger ließ sie noch einmal ihre gemeinsame Zeit an sich vorbeiziehen.

Es war drei Jahre her, seit sie Tiger zum ersten Mal getroffen hatte. Sie lebte damals noch mit Matthias zusammen, doch die Beziehung war, wie sie sich eingestand, schon im Scheitern begriffen. Matthias war in einem großen Unternehmen tätig und hatte auch an jenem Spätsommerabend in einem Verständnis erheischenden Monolog wieder über die Unfähigkeit seines Vorgesetzten und die mangelhaften Vorgaben in seinem Arbeitsgebiet geklagt, bis Anne ihn schließlich ungeduldig angefahren hatte: »Du beklagst dich dauernd darüber, dass alle Leute in deiner Umgebung falsche oder keine Entscheidungen treffen. Was hältst du denn davon, wenn du dein Schicksal einfach selbst in die Hand nimmst? Du könntest die Stelle wechseln, wenn das alles so unerträglich für dich ist.«

Diese Bemerkung hatte Matthias ihr übel genommen und ihr vorgeworfen, sie verstehe ihn eben auch nicht richtig. Ein Wort gab das andere, und sie gerieten in einen Streit, in dem Annes aufgestaute Bitterkeit über die ständige Rücksichtnahme auf das empfindliche Seelenleben von Matthias in nicht immer fairen Argumenten hervorbrach.

Das Ganze fand bei geöffnetem Terrassenfenster in Annes Wohnzimmer statt, und als eine dieser giftigen Gesprächspausen eintrat, in denen beide Gegner neue Munition sammelten, schaute sie gedankenverloren in die Dunkelheit. Da entdeckte sie den kleinen weißbäuchigen Kater, der direkt vor dem Fenster saß und interessiert in das Zimmer starrte. Abgelenkt von dem Streit stand sie langsam auf und näherte sich der offenen Tür. Das Tier blieb sitzen, war aber alarmiert und fluchtbereit. Als Anne sich niederließ, um ihn etwas näher zu betrachten, sprang der Kater auf und verschwand in der Dunkelheit.

»Schade, ich hätte gerne ein paar Worte mit ihm gewechselt«, hatte sie lächelnd zu Matthias gewandt gemeint, inzwischen wieder völlig ruhig und gelassen.

Er hingegen war noch immer misslaunig und maulte: »Klar, mit Katzen und Hunden zu reden ist auch viel einfacher als mit mir. Tierische Bedürfnisse sind viel unkomplizierter als die eines Mannes.« Dann setzte er noch hinzu: »Das war schon bei meiner Mutter so. Die hat so einen exklusiven Rassespaniel, der ihr immer wichtiger war als ich. Das ist jetzt auch noch so. Wenn ich mit meinen Problemen zu ihr komme, hört sie immer nur mit halbem Ohr hin und spielt nebenbei mit diesem Köter. Aber gnade Gott, wenn das Vieh eine Zecke im Fell hatte! Das war ihr verdammt viel wichtiger als meine Angelegenheiten.«

Anne hatte seine Mutter als patente Frau mit gesundem Urteilsvermögen kennengelernt und konnte allmählich verstehen, weshalb sie bei dem dauerhaft unverstandenen Matthias kaum noch Geduld zum Zuhören aufgebracht hatte. Doch gerade dieses Unverstandensein hatte sie anfangs selbst so an Matthias angezogen. Ihm, einem energisch wirkenden, selbstbewussten Mann mit kantigem Kinn und sportlich schlanker Figur, hatte sie zunächst Tatkraft und Durchsetzungsvermögen zugetraut. Er hatte ihr gleich zu Beginn ihrer Bekanntschaft seine Schwierigkeiten mit seiner vorherigen Freundin anvertraut – sie hatte ihn einfach nicht verstanden –, und das hatte Anne geschmeichelt. Sie fühlte sich gebraucht und zur Hilfe aufgerufen. Fälschlicherweise, wie ihr nach und nach aufging. Sie hatte angenommen, Matthias mit ein wenig liebevoller Unterstützung über diesen Schicksalsschlag hinweghelfen zu können, aber statt einer Besserung fanden sich immer neue Belastungen und Zweifel, für die er von ihr eine Lösung erwartete.

Einige Abende später machte Anne dann Matthias die schmerzliche Tatsache klar, dass das Zusammensein für sie nicht mehr tragbar war. Die folgende Auseinandersetzung war weder schön noch leise und endete in einem beiderseitigen Tränenstrom.

Als Anne dann, verheult und verbittert über die ungerechtfertigten Anschuldigungen, auf die Terrasse ging und sich auf die niedrige Begrenzungsmauer setzte, tauchte der Kater wieder auf leisen Sohlen auf. Er blieb jedoch in sicherer Entfernung sitzen. Einen kurzen Moment nahmen die beiden Blickkontakt auf, dann drehte er sich um und ging erhobenen Schwanzes von dannen.

Warum auch immer – Anne wertete das als gutes Zeichen für ihren Entschluss. Sicher, Gefühle wie Liebe – oder war es Verliebtsein? Egal! – ließen sich nicht so ohne Weiteres abstellen, auch wenn sich das Objekt dieser Empfindungen dafür als unwürdig erwies. Aber bevor sie sich selbst damit kaputtmachen würde, wollte sie eine klare Trennung vollziehen.

Eine Woche später zog Matthias aus und Anne hatte ihre kleine Wohnung wieder für sich alleine.

Dachte sie.

Denn einen Tag nach Matthias' Auszug – es war ein letzter warmer Sommerabend –, als sie mit ihrem Abendessen und einem Buch auf der Terrasse saß, erschien der Kater wieder. Er blieb wenige Schritte von ihr entfernt sitzen und betrachtete sie mit schräg geneigtem Kopf. Diesmal sprach Anne das Tier höflich mit halblauter Stimme an.

»Hallo, mein Kleiner. Schön, dass du vorbeikommst. Magst du ein Stückchen Wurst?«

Sie hatte so gut wie keine Erfahrung mit Katzen, hatte lediglich einen gesunden Respekt vor ihren Krallen und scharfen Zähnen. Deswegen war die erste Darreichung eines Häppchens nicht von Erfolg gekrönt. Sie hielt das Wurststückchen vorsichtig zwischen den Fingerspitzen und zuckte unwillkürlich zurück, als sich die Schnauze mit den nadelscharfen Fangzähnen näherte. Damit war das Fleisch für den Kater plötzlich wieder außer Reichweite, und deshalb tatzte er danach. Der Hieb hinterließ eine Schramme auf Annes Hand, und das Fleisch fiel auf den Boden, von wo er es gierig aufnahm und hinunterschlang.

»Es ist nicht sonderlich nett von dir, die Hand zu kratzen, die dich füttert«, bemerkte Anne ein wenig ungehalten. Allerdings blickte das Tier sie mit entsetzlich hungrigen Augen an. Sie musste trotz des schmerzenden Kratzers mitleidig lächeln.

»Du hast wohl Hunger, du wilder Tiger?«

Das Anwortmaunzen klang wie ein lang gezogenes: »Jaaau-uuu!«

Also teilten sie sich das Essen, das Anne für sich zubereitet hatte, wobei für sie überwiegend Brot und Butter übrig blieben, und anschließend gab es für Tiger noch ein Schälchen Milch. Sichtlich gesättigt und zufrieden sprang er danach auf den gepolsterten Gartenstuhl, drehte sich gemütlich zusammen und schlummerte unbekümmert ein. Als Anne zu ihm ging, um ihm vorsichtig und zögernd über den Kopf zu streichen, blinzelte er ihr noch einmal zu, gab die Andeutung eines Schnurrens von sich und schlief ungerührt weiter.

Am nächsten Morgen war er verschwunden.

Er kam auch diesen und den nächsten Abend nicht wieder, und Anne fragte sich schon, ob sie die zwei Töpfchen Schleckerkatz ihrer Kollegin Ivonne für deren Katze mitgeben sollte. Doch am dritten Abend erklang ein unmissverständliches Maunzen vor der verschlossenen Terrassentür, das die Ankunft von Tiger meldete. Anne schob sofort die Tür auf. Mit vorsichtigen Schritten trat der Kater ein. Sichtlich neugierig schnüffelte er herum und begann einen Rundgang durch das Zimmer.

Anne beobachtete ihn schweigend.

Nachdem er alle Ecken, die Möbel, die Pflanzen und die auf dem Boden verstreuten Kissen begutachtet hatte, lenkte er seine Schritte zielgerichtet zur Küche. Obwohl die Tür nur angelehnt war, blieb er doch stehen, drehte sich um, wie um Erlaubnis bittend, und gab seinen Wunsch nach Nahrung durch Mimik, Gestik und Lautmalerei eindeutig zu verstehen.

Gehorsam öffnete Anne die Tür weiter, holte die Dose mit Katzenfutter aus dem Schrank, öffnete sie und legte einige Löffel voll davon auf einen Teller.

»Ich weiß nicht, wie viel du davon brauchst, aber du wirst mir sicher sagen, wenn es nicht reicht.«

Kaum stand der Teller auf dem Boden, stürzte sich Tiger darauf und bestätigte seinen guten Appetit durch lautes Schmatzen. Anschließend streifte er noch einmal flüchtig durch die Wohnung und verlangte dann energisch, wieder herausgelassen zu werden.

In den nächsten Wochen blieb dieses Ritual erhalten. Abends kam Tiger, um seine Portion Futter abzuholen, blieb einige Zeit in der Wohnung und verschwand wieder. Aber immer häufiger hatte Anne den Eindruck, dass er sich in der Nähe des Hauses aufhielt. Sie fand das eines Morgens bestätigt, als eine wohlgenährte, tote Maus vor ihrer Tür lag.

Die Tage wurden kürzer und der Winter kam mit den ersten Frostnächten. Daher blieb Tiger nach und nach immer länger im Haus. Das Zusammenleben mit ihm erschien Anne unproblematisch. Der Kater war sauber und gut erzogen. Er sprang nach einer ernsten Ermahnung nicht mehr auf den Esstisch, er zerkratzte so gut wie keine Möbel und seine sanitären Bedürfnisse regelte er gewöhnlich außerhalb. Hin und wieder ging er ihr schnurrend um die Beine und ließ sich auch ganz gerne von ihr streicheln.

Anne war häufig unterwegs. Obwohl sie eigentlich eine geregelte Arbeitszeit hatte, musste sie doch oft für einen dringenden oder eiligen Auftrag mit ihrem Team länger im Büro arbeiten. Deshalb blieb Tiger auch tagsüber alleine in der Wohnung. Ein-, zweimal, als Anne zu lange fortgeblieben war, äußerte er seinen Verdruss darüber durch einen feuchten Flecken mitten auf dem Wohnzimmerteppich. Wenn das geschehen war, huschte er jedes Mal bei ihrer Heimkehr mit sichtbar schlechtem Gewissen an ihren Beinen vorbei nach draußen. Darum schmunzelte Anne über das Missgeschick und nahm es ihm nicht besonders übel. Und als es sich nach ein paar Monaten endgültig abzeichnete, dass Tiger sie adoptiert hatte, begann sie sich bei anderen Katzenhaltern nach Lebensweise und Pflege zu erkundigen und ließ sich einen Tierarzt empfehlen. Sie lieh sich einen Transportkorb aus, vereinbarte einen Untersuchungstermin und nahm das schwierige Unterfangen in Angriff, Tiger dazu zu überreden, sich im Korb ins Auto verfrachten zu lassen. Wie sich zeigte, war mit freiwilliger Zusammenarbeit nicht zu rechnen. Auch Überredungskunststückchen mit dem Lieblingsfutter in der hinteren Korbecke fruchteten nichts. Schließlich musste Anne den zornig fauchenden Kater vom Kleiderschrank holen, wobei sie wohlweislich Handschuhe angezogen hatte. Er gab seinem Missfallen über diese Behandlung dann im Auto durch einen buchstäblichen Anschiss Ausdruck. Sie erreichten den Tierarzt trotz winterlicher Kälte mit geöffneten Fenstern.

Dr. Wendel untersuchte Tiger gründlich, erklärte ihn für außerordentlich gesund, kastriert und etwa fünf Jahre alt. Dann verabreichte er dem schmollenden Kater die notwendigen Impfungen.

Anschließend war Tiger drei Tage beleidigt.

Er ließ sich von Anne weder anfassen noch streicheln. Wenn sie mit ihm sprach, drehte er sich weg und nahm, wie sie ihm vorwarf, eine »Muffhaltung« an. Doch nach einiger Zeit verblasste wohl die Erinnerung an diese brutale Einmischung in seine Privatsphäre und er zeigte sich wieder zugänglich. Sehr zärtlich und verschmust wurde er zwar nie, was wohl an seiner Art lag, aber er bevorzugte offensichtlich die menschliche Gesellschaft. Das zeigte er Anne, indem er ihr immer hinterhergeschlichen kam, wenn sie in ihrer Wohnung für längere Zeit den Raum verließ, in dem sie sich gemeinsam aufgehalten hatten. Dennoch hielt er immer einige Meter Distanz. Nur einmal, als Anne mit einer heftigen Erkältung das Bett hüten musste, gab er dieses Fernhalten auf und sprang zu ihr auf das Kopfkissen. Dort blieb er liegen – bis auf die wenigen Stunden, die er für seine eigenen Angelegenheiten benötigte. Ansonsten schnurrte er ihr in ihrem fieberheißen Schlaf etwas vor.

Das war der eigentliche Beginn einer großen Zuneigung.

Langsam sank die Dämmerung nieder und der Abendwind bauschte die Gardine vor der Schiebetür zur Terrasse. Erschöpft von der Aufregung und der Trauer rollte Anne sich schließlich auf ihrem Teil des Sofas zusammen, legte die Arme um den verletzten Tiger und bettete ihren Kopf an seine Seite. Kurz darauf war sie fest eingeschlafen.

Ein erstaunliches Erwachen

Anne erwachte, als sie die Kirchturmuhr drei Mal schlagen hörte. Obwohl es dunkle Nacht war, nahm sie ihre Umgebung erstaunlich deutlich wahr. Doch als sie ihren Kopf hob, blieb ihr vor Entsetzen fast das Herz stehen. Sie blickte in die grün funkelnden Augen einer mannsgroßen Katze!

Und nicht nur das! Diese Katze hatte auch ein mörderisches Gebiss, das sie ihr zeigte, als sie das Maul zu einem gewaltigen Gähnen aufriss. Dann richtete sie sich zu ihrer vollen Größe auf und machte einen Buckel. Ein seltsamer Laut der Panik entfuhr Annes Lippen, als sie zu dem Untier hochblickte.

»Willst du die ganze Nacht hier liegen bleiben, du faule Nuss? Los, beweg dich!«

Anne war inzwischen vollkommen verdattert – es verwunderte sie nicht einmal mehr, dass dieses Tier sie auch noch ansprach. Sie schaute es nur hilflos an.

»Auf die Pfoten, wird's bald!«

»Wa…wa… was heißt hier Pfoten?«, brachte sie endlich in zornigem Ton hervor.

»Na, da schau dich doch nur an, du rattenschwänziges Fellbündel.«

Genau das tat Anne dann auch. Was sie sah, raubte ihr den Atem.

Sie war zwar mit ihren dunklen, kurz geschnittenen Haaren vertraut; neu hingegen war ihr, diese Haare, mit grauen Streifen durchsetzt, am ganzen Körper zu finden. Ebenso neu war ihr der Anblick ihrer Fingernägel, ein ewiges Problem des Abbrechens und Splitterns. Das war augenscheinlich vorbei. Beim Spreizen der rechten Hand erschienen fünf saubere, scharfe Krallen. Und was hieß hier überhaupt Hand? Tatze war der richtige Ausdruck dafür.

»Ich glaube, ich bin eine Katze«, murmelte sie fassungslos.

»Klar, und für dieses Glück solltest du ganz einfach dankbar sein. Nicht jedem ist die Chance vergönnt, einmal im Leben zu den höheren Wesen zu gehören.«

Anne wusste nicht, ob sie das als Trost werten sollte. Im Grunde ihres Wesens war sie jedoch eine Frau von praktischer Veranlagung, die sich normalerweise überall leicht zurechtfand. In einer aussichtslosen Situation pflegte sie keine unnötige Energie mit Jammern und Nörgeln zu verschwenden, sondern sie akzeptierte sie stattdessen und versuchte, möglichst das Beste daraus zu machen. Es blieb ihr auch jetzt nichts anderes übrig. Der grobe Anpfiff und die ungerechten Beleidigungen ihrer Katze taten das ihre, um sie aus ihrer Bestürzung zu befreien. Widerspruch regte sich in ihr und sie starrte dem bedrohlichen Riesenkater fest in die Augen.

»Okay, Tiger, so schön wie du bin ich nicht, aber rattenschwänzig brauchst du mich deshalb noch lange nicht zu nennen«, versetzte sie mit mühsam wieder errungener Würde.

»In Ordnung«, gab er zu und befahl dann: »Aber jetzt steh endlich auf!«

Das war leichter gesagt als getan. Sich auf die Vorderpfoten aufstützen ging ja noch, aber wie dann weiter? Als Mensch wäre sie jetzt auf die Knie gegangen, doch wo waren die Knie? Mit einem Plumps lag sie wieder auf der Seite und musste sich einen mitleidigen Blick gefallen lassen.

»Heb deinen Hintern hoch und stell dich auf die Pfoten«, war die liebenswürdige Unterstützung. Immerhin stand Anne gleich darauf wackelig auf ihren vier Beinen und sah ihn erfreut über ihre Leistung an. Aber dieser Erfolg wurde ihr nicht lange gegönnt.

»So, und jetzt runter vom Sofa!«

Mit einer fließenden Bewegung sprang Tiger nach unten. Anne schaute ihm nach. Für ihre gewohnten menschlichen Proportionen stand sie auf allen vieren etwa in eigener Körperhöhe über dem Teppich und sollte jetzt – Kopf voran – auf den harten Boden springen. Um sich nicht schon wieder einen verächtlichen Kommentar einzufangen, nahm sie ihren ganzen Mut zusammen und stieß sich mit aller Kraft ab.

Sie hatte sich bislang eingebildet, durch ihre vielfältigen sportlichen Aktivitäten recht gut trainiert zu sein, doch mit der Wirkung ihrer veränderten Muskulatur hatte sie nicht gerechnet. Mit einem mächtigen Satz flog sie durch das halbe Wohnzimmer, wurde abrupt von einer Schranktür gebremst, überkugelte sich rückwärts und blieb leicht benommen liegen.

»Du liebe Zeit! Was wolltest du mir denn damit beweisen?«, pflaumte Tiger sie an.

Anne schüttelte sich leicht, kam diesmal schon etwas eleganter auf die Pfoten und schaute den Kater an.

»Ich hab's mir schon immer gedacht, Katzen können grinsen«, stellte sie lakonisch fest.

»Natürlich. Meine Güte, dir die simpelsten Bewegungsformen beizubringen ist schlimmer, als ein blindes Kätzchen auf die Beine zu stellen. Jetzt springst du noch mal auf das Sofa und wieder runter. Aber mit halber Kraft, wenn ich bitten darf.«

Anne musterte die Sitzfläche. Aus ihrer jetzigen Position war sie etwas über kopfhoch. Ihrer Sprungkraft traute sie nicht, darum legte sie die rechte Pfote auf die Kante. Sie versuchte sich festzuhalten, um sich hinaufzuziehen. Ein langer Faden ribbelte sich aus dem Bezug. Tiger beobachtete das und sagte zu niemand Bestimmtem im Raum: »Menschen mögen das gar nicht gerne, wenn Katzen die Bezüge zerkratzen.«

»Grrrrr!«

»Ah, gut, dieser Laut war schon fast kätzisch. So, und jetzt spring! Vokabeln lernen wir nachher.«

Anne setzte sich auf den Hinterpfoten vor dem Sofa zurecht und gab sich einen winzigen Abstoß nach oben. Diesmal landete sie auf dem Sofakissen. Allerdings war der Aufprall zu heftig, und sie stieß mit der Nase an die Rückenlehne. Immerhin aber war sie mit allen vier Pfoten oben. Das stärkte ihr Selbstbewusstsein, und der Abstieg wurde professioneller, er war jedoch noch weit davon entfernt, elegant zu sein. Erst nach einigen weiteren Sprungversuchen hatte Anne ein gewisses Körpergefühl entwickelt und bewegte sich sicherer. Was sie am meisten störte, war das verlängerte Rückgrat, das ganz augenscheinlich ein eigenes Leben führte. Weil sie merkte, dass Tiger mit ihrem Lernfortschritt zufrieden war, traute sie sich, ihm eine Frage zu den unberechenbaren Reaktionen ihres Schwanzes zu stellen.

»Da sieht man mal wieder, wie begrenzt menschliches Wissen ist. Natürlich führt der Schwanz einer Katze ein Eigenleben. Aber mit ein bisschen Lebenserfahrung kannst du ihn zähmen. Für dich reicht es zu wissen, dass er immer geneigt ist, dich zu verraten. Also versuche, deine Gedanken in Einklang mit der Situation zu halten, dann kann nichts passieren. So, als nächstes auf die Sofalehne und Balancieren üben!«

Nach einigen Anläufen gelang auch das und Anne wurde immer selbstsicherer. Sie sprang im ganzen Zimmer umher, auf den Sessel, die Fensterbank, den Tisch und schließlich auf das Bücherregal.

»Puh, ist das staubig hier. Ich glaube, eine gute Hausfrau bin ich nicht gerade«, rief sie zu Tiger hinunter.

Die Antwort kam prompt: »Das weiß ich. Willst du jetzt da oben bleiben und mit dem Schwanz Staub wischen?«

Mit neu erwachtem Humor antwortete sie: »Nein, das würde ich ihm nie zumuten.«

»Dann komm runter, du musst dich jetzt putzen. Außerdem ist es Zeit für Futter.«

Als sie auf dem Teppich gelandet war, hieß es dann von Tiger: »Putzen! Du siehst aus wie ein strubbeliger Staubwedel. Also, Zunge raus und los!«

»Das ist aber nicht so mein Geschmack, Tiger; ich würde lieber duschen.«

»Meinst du das ernst? Wasser ist zum Saufen da, nicht zum Waschen.«

»Aber ich mag den Schmutz nicht auf der Zunge und ich mag auch nicht die Haare runterschlucken«, maulte Anne.

»Stell dich nicht so an! Das würgt sich wieder raus.«

Mit dieser munteren Aufforderung begann Tiger seine eigene Toilette.

Versuchsweise leckte Anne über eine der weniger staubigen Stellen an der Pfote. Das Gefühl war gar nicht so übel. Die kleinen Borsten auf der Zunge glätteten das kurze Fell, und daran Haare zu schlucken gewöhnte sie sich notgedrungen auch allmählich. Vor allem entdeckte sie eine völlig neue Gelenkigkeit.

Einigermaßen entstaubt und gebürstet stupste sie Tiger wieder an.

»Gefalle ich dir jetzt?« Ein übertrieben koketter Augenaufschlag begleitete ihre Frage.

Tiger musterte sie. »Um die Ohren bist du noch ein ziemlicher Zausel«, antwortete er galant.

»Da komme ich aber mit der Zunge nicht hin.«

»Mit dir braucht man wirklich geradezu hündische Geduld. DANN NIMM DOCH DIE PFOTEN!«

Bei dem letzten Faucher machte Anne einen Satz zurück und schaute Tiger verstört an.

»Ich weiß, ich bin blöd, aber musst du denn gleich so heftig sein? Ich habe dir doch früher auch mit ruhigen Worten erklärt, warum du nicht auf den Teppich pinkeln sollst.«

Tiger grummelte irgendetwas Unverständliches in seine Barthaare und ging dann auf sie zu. »Komm her, ich richte das.«

Mit einigen geübten Zungenstrichen glättete er das Fell in Annes Gesicht und strich ihr über den Kopf. Verzückt schloss sie bei der Berührung die Augen und ein abgrundtiefes Schnurren rumpelte unwillkürlich aus ihrer Kehle.

Als Tiger fertig war, meinte er beiläufig: »Na, so geht es. Jetzt habe ich Hunger! Mach uns mal eine Dose auf.«

»Und wie, du Scherzkeks?«

»O Mäusedreck, stimmt ja. Und jetzt?« Er sah sich hilflos um. »Der Hunger schmerzt mich schon in den Gedärmen. Ich fühle mich ganz schwach. Ich will Futter, Futter, Futter, FUTTER! HUNGERRRRRRRRR!«

Anne verfolgte mit zarter Belustigung die Verwandlung von einer rechthaberischen, überlegenen und herrischen Katze in ein hysterisches, verzogenes Haustier.

»He, Kumpel, immer mit der Ruhe. Lass uns einfach gemeinsam überlegen, wie wir das Problem lösen.«

Mit glasigem Blick schaute Tiger sie an. »Hast du das noch immer nicht gelernt? Hunger beeinträchtigt unser Denkvermögen«, keuchte er und fügte in erhobener Lautstärke hinzu: »HUNGERRRRRRR!«

»Pfff«, machte Anne und stolzierte aus dem Wohnzimmer. Erstmalig stand ihr Schwanz senkrecht in die Höhe.

Futterbeschaffung und andere Erkenntnisse

Während Anne in die Küche marschierte, dachte sie nach. Das Katzenfutter befand sich in einem der Hängeschränke. Es würde schwierig werden, daran zu kommen. Doch dann sah sie den Einkaufskorb, der auf der Arbeitsplatte stand. Sie konnte sich zwar nicht so richtig erinnern, wie er dort hinkam, denn auch sie spürte, wie ein plötzlicher Heißhunger ihr Denken behinderte. Es gab auf einmal nur noch ein Ziel – Fressen!

Ein Sprung auf die Arbeitsplatte, und schon steckte sie kopfüber in dem Korb. Die Dosen mit Futter waren nicht zu gebrauchen. Aber die Aluschälchen mit Schleckerkatz müsste eine normale Katze doch aufkriegen, überlegte sie. Es hatte sie sowieso gewundert, warum Tiger das noch nicht gelernt hatte. Also – schnick, die erste und – schnick, die zweite auf den Boden und hinterher. Kralle in den Deckel – ohhh, was roch das gut! Wie schnell man seine gute Erziehung vergaß, wenn man eine hungrige Katze war!

Anne hatte die ersten Bissen genommen, als ihr der beleidigte Tiger wieder einfiel. Sie ließ – wenn auch mit Überwindung – das Katzenfutter stehen und lief zurück ins Wohnzimmer, wo Tiger, schmollend die Vorderpfoten unter der Brust gekreuzt, Müffchen spielte.

»Tiger! Das Futter ist angerichtet.«

»Verarsch mich nicht … Oh, was riecht hier so gut?«
»Komm mit, Tiger!«

Das ließ er sich nicht zweimal sagen. Im gestreckten Lauf sauste er in die Küche, entdeckte das halb geöffnete Döschen Schleckerkatz am Boden und fiel darüber her.

Anne öffnete derweil ungerührt das zweite Döschen und verschlang den Inhalt ohne weiteren Kommentar. Es schmeckte ihr, aber das hatte sie erwartet. Nur menschliche Zurückhaltung hatte sie bislang davon abgehalten, etwas von Tigers Schleckerkatz zu naschen.

Der Kater hatte seine Mahlzeit beendet. Er saß neben dem zerfetzten Döschen und leckte sich die Lippen. Sein Blick ruhte mit einer gewissen neuen Achtung auf der grau-schwarz gestreiften Anne. Bevor er jedoch etwas sagen konnte, wollte sie mit mildem Lächeln in der Stimme wissen: »Na, Tiger, kannst du jetzt wieder denken?«

Er blickte sie hochmütig an. »Als ob ich jemals damit Probleme hätte, du Staubschwanz. Jetzt ist ein Reviergang überfällig. Es hat schon viel zu lange gedauert, dir die einfachsten Übungen beizubringen. Ich muss unbedingt die Zeit aufholen, die ich damit vergeudet habe. Komm, los, zuerst das Haus!«, mahnte er mit strengem Blick und ging voran.

Anne gewöhnte sich allmählich an die neue Sicht der Dinge. Sie fand es sogar erheiternd, mit ihrem Kater auf gleichem Niveau die Wohnung kennenzulernen, und fragte sich, was sie wohl sonst noch alles mit ihm zusammen erleben würde. Allerdings befand sie sich zu dieser Zeit noch im Stadium der kätzischen Unschuld. Sie hatte weder andere Katzen noch die Menschen aus ihrer jetzigen Sicht erlebt.

Tiger ging, trotz aller seiner unwirschen Kommentare, sorgfältig in seiner Ausbildung vor. Da sie endlich zufriedenstellend ihren Körper beherrschte, machte er sie mit der Wohnung aus Katzensicht bekannt.

Ein Rundgang in der Küche brachte Anne jedoch nicht viel Neues. Einige Krümel lagen am Boden. In der Ecke, wo der Kühlschrank stand, tummelten sich zwei, drei Wollmäuse, und der Wasserhahn tropfte in langsamen Abständen. Tiger blieb sinnend vor dem Kühlschrank stehen.

»Das mit den Futterdöschen war keine schlechte Idee. Hast du vielleicht auch eine Vorstellung, wie man dieses Ungetüm aufbekommt?«

»Tut mir leid, im Moment fällt mir da auch nichts zu ein«, antwortete Anne. Sie hatte schon vergeblich versucht, die schwere Tür mit den Pfoten zu öffnen. Es überstieg ihre Kräfte.

Schweigend inspizierte Tiger weiter den kleinen Raum. In der Ecke hinter der Spülmaschine fand er etwas Interessantes und begann ernsthaft zu schnüffeln. Anne schien er dabei völlig vergessen zu haben.

Sie streckte derweil die Nase in die Luft und versuchte mit ihren neuen, schärferen Sinnen fertig zu werden. An die hervorragende Nachtsicht hatte sie sich schnell gewöhnt, jetzt schenkte sie dem besseren Geruchssinn ihre Aufmerksamkeit.

Der Mülleimer stank, was man durch den Schrank und trotz des fest schließenden Deckels riechen konnte. Es musste sich etwas Verdorbenes darin befinden. Von irgendwoher roch es intensiv nach Kräutern. Richtig, auf dem Küchenbord standen die Töpfe mit Petersilie und Majoran, Thymian und Basilikum. Unter der Tür zum Vorratsraum quoll ein ganzer

Schwall Gerüche hervor, angenehme und unangenehme. Anne näherte sich der Tür und nahm einen tiefen Atemzug. Der Geruch von Zwiebeln und Käse traf sie und – pfui! – von Essig, wahrscheinlich von den eingelegten Gurken. Daneben roch sie etwas Unbekanntes, aber nicht Unangenehmes und natürlich die beiden übrig gebliebenen Frikadellen. Das würde sie sich merken, wenn Tiger wieder hungrig würde.

Dann wandte sie ihre Aufmerksamkeit wieder ihrem Begleiter zu.

»Was hast du da eigentlich in der Ecke gefunden?«, fragte sie das ihr zugewandte Hinterteil.

Keine Antwort.

Sie drängelte sich vor und versuchte, ihre Nase auch in die Ecke zu stecken. Ärgerlich zog sich Tiger zurück.

»Lass das! Ich habe wichtigste Aufgaben zu erledigen. Dräng dich nicht einfach vor!«, fuhr er sie an.

»Verrate mir doch ganz einfach, was das für wichtige Aufgaben sind, Tiger, dann lasse ich dich in Ruhe.«

»Neugier ist der Katze Tod«, zitierte Tiger herablassend und erklärte dann missmutig, Mäusefangen sei wohl bekanntlich die vornehmste Aufgabe der Katzen.

»Und es ist eine Maus in der Ecke?«

»Natürlich nicht. Aber da war eine Maus, das riecht man doch.«

»Du wirst mich für blöd halten, aber ich weiß nicht, wie Mäuse riechen. Darf ich mal schnuppern?«

»Ja, ich halte dich für blöd, und ja, du darfst schnuppern. Es geht besser, wenn du die Luft durch das Maul einziehst und den Duft schmeckst.«

Anne schüttelte etwas ungläubig den Kopf, folgte aber seinem Vorschlag. Tatsächlich, der Geruch aus der Ecke wurde deutlicher – und sie kannte ihn schon.

»Was gibst du mir, wenn ich dir verrate, wo die Maus jetzt ist?«, spöttelte Anne ein wenig herausfordernd.

»Eine Ohrfeige«, antwortete Tiger bereitwillig und erkundigte sich dann mit von Verachtung triefender Stimme: »Woher willst du Anfängerkatze wohl wissen, wo die Maus ist?«

»Na, dann nimm doch eine Nase vom Vorratskammergeruch, Tiger«, schlug Anne ihm ungerührt vor.

Betont gelassen schlenderte er in Richtung Tür, sog die Luft ein und erstarrte für einen Augenblick.

»Mhm, nicht schlecht. Und andere Sachen sind da auch noch drin.« Er schaute Anne mit grün blitzenden Augen an.

»Dann mach die Tür auf und lass uns die Maus fangen.«

»Klar.«

»Du spinnst doch. Das war ein Scherz, Zauselpelz. Wie willst du denn die Tür aufbekommen?«

»Für eine Katze bist du manchmal sehr wenig phantasievoll, Tiger. Probieren wir das doch einfach auf diese Weise.«

Anne setzte sich auf die Hinterbeine, prüfte die Absprungbasis und sprang zur Türklinke hoch. Das erste Mal verfehlte sie das Metallding um fast einen halben Meter, weil sie ihre Kraft wieder unterschätzt hatte. Beim zweiten Mal war die Höhe richtig, aber sie glitt mit den Pfoten von der Klinke ab. Nachdenklich blieb sie einen Moment sitzen.

»Ich kann die Klinke nicht festhalten, Tiger.«

»Probier dabei, die Pfoten zusammenzuhalten und dich dann fallen zu lassen.« Er hatte das Prinzip erkannt. »Zum Beispiel so.«

Sprach's, sprang hoch und hängte sich in der Türklinke ein. Beim Fallen zog er mit seinem Gewicht die Klinke nach unten. Es klickte, und die Tür ging auf.

»Super, Tiger!«

Mit der Pfote schob Anne sie noch ein wenig weiter auf, und schon waren beide in die Vorratskammer geschlüpft.

»Nett hier«, meinte Tiger, als er sich umgesehen und die erste Nase voller Gerüche genommen hatte.

»Und die Maus war auch hier, nicht war?«

»Richtig, sie war.«

Ein leichter Anfall von Jagdfieber ergriff Tiger. Lautlos und konzentriert schnüffelnd verfolgte er die frische Mäusespur. Den Körper flach geduckt schob er den Kopf hinter die Bodenleiste des Regals und verharrte in dieser Position. Nur der Schwanz zuckte einige Male animiert hin und her.

Anne wurde es allmählich zu langweilig. Nachdem sie sich versichert hatte, dass die Vorräte an leicht zugänglichen Stellen lagen, wandte sie sich dem Ausgang zu und setzte ihren Streifzug durch die Wohnung alleine fort.

Von der Küche ging es in das Wohnzimmer und von dort in den kleinen Vorraum, der auch als Garderobe diente. Die Tür zum Schlafzimmer war nur angelehnt und konnte mit einem Pfotenschubs leicht aufgestoßen werden. Als sie durch den Türspalt ins Zimmer schlüpfen wollte, machten sich erstmalig die Schnurrhaare bemerkbar, als sie rechts und links damit anstieß. Aber der Anblick des Bettes ließ sie diese dreidimensionale Erfahrung sofort vergessen. Mit einem Satz war sie in den Kissen.

Der weiche Untergrund, der glatte Bettbezug, der warme Geruch nach Mensch und Federn – Wahnsinn! Ohne sich dessen bewusst zu sein, begann sie unter lautem Schnurren mit den Vorderpfoten in die Bettdecke zu treten. Was für ein Genuss!

Nachdem sie sich einige Minuten diesem Spiel hemmungslos hingegeben hatte, drehte sie sich noch ein paar Mal am Platz, legte sich dann behaglich in die entstandene Kuhle und schloss die Augen.

»Auf, du Döskopp!«

Anne öffnete schläfrig die Augen und nuschelte: »Muss ich?«

Tiger stand in herrischer Haltung vor ihr und raunzte: »Natürlich musst du! Eigentlich würde ich viel lieber auch in den weichen Kissen treteln, aber die Pflicht ruft.«

Als Anne nur müde blinzelte, schubste er sie energisch mit den Pfoten zum Bettrand.

»Los, aufstehen, oder ich muss dich wie ein Katzenjunges am Genick durch das Revier schleifen.«

»Meine Güte, Tiger, was für eine Energie. Was haben wir denn noch vor?«

»Den Rundgang hier im Haus abschließen und dann draußen die Revierkontrolle machen.«

»Nach draußen?«

»Na klar, ich habe schließlich meine Verpflichtungen. Du kannst aber natürlich auch hier bleiben und weiterdösen. Ist mir auch egal.« Er zuckte gleichmütig mit der Schulter und glitt vom Bett.

Anne streckte sich, sprang ebenfalls auf den Boden und ging, alter menschlicher Gewohnheit folgend, ins Badezimmer. Die Duftwolke darin ließ sie förmlich zurückprallen. Duschgel, Körperlotion, Seife, Parfüms, Toilettenreiniger und Haarspray schienen eine fast sichtbare Geruchswand aufzubauen. Sie sprang auf den Waschtisch und setzte sich vor den Spiegel. Von dort konnte sie ihre ganze schlanke, grau-schwarz getigerte Gestalt sehen. Sie erhob sich, um sich auch im Stehen bewundern zu können. Besonders gefiel ihr der schwarze Streifen, der über ihren Rücken verlief und sich in dem elegant geringelten Schwanz fortsetzte.

Eigentlich war Anne nicht übermäßig eitel und derartige Orgien der Selbstbewunderung waren ihr eher fremd. Aber das Kätzische in ihr forderte jetzt seinen Tribut – und wurde ihr auch prompt zum Verhängnis. Während des Posierens und Drehens vor dem Spiegel achtete sie nicht auf die Fläschchen und Döschen, die auf dem Waschtisch verteilt waren. Da passierte es! Beim Versuch, eine besonders elegante Schwanzhaltung einzunehmen, fiel ein Probenfläschchen mit Magnolien-Parfüm um. Das dünne Glas zerbrach, und durch die sich bildende Parfümlache fegte der bewunderte nachtschwarze Schwanz mit seiner vollen Länge. Anne wollte ihn zwar bremsen, doch bei dem Versuch, Gewalt über ihren Schwanz zu bekommen, verlor sie das Gleichgewicht und rutschte von der glatten Keramik des Waschtisches ab.

Der Sturz war nicht schlimm, es war nicht hoch, auf dem Boden lag eine dicke Badematte, und ihr Instinkt ließ sie auf den Pfoten aufkommen, aber der Duft …!

Das Naserümpfen und die verächtlichen Kommentare, die sie mit Recht jetzt erwarteten, ließen ihre eitlen Anwandlungen zu Asche werden.

Geknickt an Schwanz und Stolz schlich sie aus dem Badezimmer.

Als sie ins Wohnzimmer trat, saß Tiger auf der Sofalehne und wartete auf sie. Bei ihrem Anblick wollte er etwas sagen, aber es blieben ihm ganz offensichtlich die Worte im Halse stecken. Mit offenem Mäulchen starrte er sie an.

»Angriff ist die beste Verteidigung«, dachte sich Anne und wollte sich gerade strecken, um eine vernichtende Bemerkung zu machen, als Tiger zu ihr heruntersprang und kommentarlos begann, mit Vehemenz den Schwanz des Anstoßes abzulecken. Nach einer Weile schaute er auf und meinte: »So, jetzt musst du weitermachen. Aber ganz werden wir den Geruch nicht herausbekommen, fürchte ich. Na, die Mäuse im Revier werden ihren Spaß haben. Du könntest sie mit einem Schwanzwedeln betäuben.«

»Du bist mir nicht böse?«, forschte Anne nach, noch immer gedemütigt von ihrem Badezimmerauftritt.

»Nein, das war ja zu erwarten. Schwamm drüber, du wirst mir jetzt sicher sagen, wie wir hier aus dem Haus herauskommen.«

»Was hast du denn für einen Vorschlag?«

»Frag nicht so dumm! Du weißt, dass ich immer die Terrassentür benutze.«

»Und warum machst du das jetzt nicht?«

»Meine Güte, muss ich schon wieder die Geduld mit dir verlieren! WEIL DIE GARDINE DAVOR IST!«

Tiger war eben temperamentvoll. Anne gewöhnte sich allmählich an seine harsche Art und versuchte, ihm vorsichtig klarzumachen, dass hinter der bodenlangen Gardine die Schiebetür einen Spaltbreit offen stand. Sie wusste, er hatte keine Bedenken, von draußen durch die Tür hereinzuspazieren, auch wenn die Gardine zugezogen war. Doch er ließ sich durch den dünnen Stoff irritieren, wenn er vom Zimmer aus nach draußen wollte. Oft genug hatte sie auf sein klägliches Maunzen die Gardine ein Stückchen hochgehoben, damit er darunter durchkriechen konnte.

»Beruhige dich, Tiger! Ich zeige dir, wie das geht«, meinte sie gutmütig, lief zielgerichtet auf die leise im Nachtwind wehende Gardine zu und setzte zum Sprung nach draußen an.

»NEIN! Tu's nicht!« Tiger stand plötzlich vor ihr. »Man stößt sich ganz furchtbar den Kopf an dieser tückischen durchsichtigen Wand dahinter.«

»Oh, Tiger, jetzt weiß ich, was für eine schlechte Erfahrung du da gemacht hast. Du bist wohl mit vollem Sprung gegen die geschlossene Scheibe geflogen«, tröstete Anne ihn. Dann musterte sie ihn ein wenig seitlich von unten und versicherte ihm: »Vertrau mir, jetzt ist das Fenster offen. Du kannst unter der Gardine durchschlüpfen. Sieh mal, so.«

Anne senkte den Kopf, schob ihn unter den Stoff und richtete sich auf, damit Tiger hinterher kriechen konnte.

Erste Schritte außerhalb

Mit einem Satz war der Kater draußen, Anne hinterher, und gemeinsam nahmen sie die Düfte der scheidenden Nacht wahr. Es war morgendlich kühl und die Sonne schlummerte noch hinter dem Horizont. Doch das Licht der Sterne verblasste schon, und das war das Signal für die ersten Frühaufsteher unter den Vögeln, ihr verschlafenes Lied anzustimmen.

Anne und Tiger standen Schulter an Schulter auf der kleinen Terrasse. Über ihnen rauschten die Blätter der Buche leise in der sanften Brise. Anne sog die frische Nachtluft ein: Erde, Pflanzen, Feuchtigkeit, ein bisschen Auto, Spuren von Tiergeruch, ein ganz entfernter, vertrauter Duft von frischem Brot, von Westen her ein undefinierbarer Hauch von Wald und Leben und – ganz nah – das Magnolien-Parfüm.

Ein hohes Fiepsen ließ Anne aufhorchen, sie blickte zu Tiger und beobachtete, wie er buchstäblich seine Ohren spitzte. Sein Blick verbot jede Bemerkung, also konzentrierte Anne sich auf ihr Gehör. Es war schon ein eigenartiges Gefühl, die Ohren unabhängig voneinander bewegen zu können! Und was es alles zu hören gab! Da trampelte ein Käfer über den Holzboden der Terrasse, da führte offensichtlich eine Gruppe von Mäusen einen Familienstreit in Ultraschall durch, irgendwo fiel ein Vogeljunges aus dem Nest und kam mit Plumps und Piepser auf dem Grasboden auf. Jetzt fehlte nur noch, dass sie das Wachsen der Grashalme hörte.

Aber so weit kam es nicht.

Tigers Aufmerksamkeit hatte sich wieder ihr zugewandt. Er beobachtete ihre Lauschanstrengungen mit milder Nachsicht.

»Na, alles gehört, was wichtig ist?«

»Ob es wichtig ist, weiß ich nicht, aber ich denke, wir haben eine Mäusefamilie auf dem Grundstück.«

»Stimmt, denen werden wir uns aber erst später widmen. Was hörst du sonst noch?«

»Mhm. Käfer, Vögel, Laubraschen und so.«

»Horch nach Westen.«

Anne drehte den Kopf und stellte die Ohren nach vorne.

Nach einer Weile antwortet sie: »Ich glaube, es plätschert Wasser und irgendwo tappen Pfoten über die Straße.«

»Das war recht gut für den Anfang. Das Wasserrauschen kommt von dem Bächlein hinten in der Wiese. Das Pfotentappen stammt von Jakob. Er ist auf Reviergang und schon verdammt nahe. Wir sind nicht in der Zeit.«

»Was hat das mit Jakob zu tun?«

»Wir haben uns das Revier nicht nur räumlich aufgeteilt, sondern auch nach bestimmten Zeiten. Ich treffe mich hin und wieder ganz gerne mit den Kumpels, aber so im täglichen Leben geht man sich doch eigentlich aus dem Weg.«

Tiger wirkte fast zutraulich, als er so entspannt mit ihr plauderte. Darum wagte Anne einige weitere zwanglose Fragen. Vorsichtig formulierte sie: »Jakob ist der weiß-scheckige Kater, dem der alte Herr in Nummer 30 gehört, nicht wahr?«

»Mhm.«

»Und wer gehört denn sonst noch so zu unserem Revier?«

Das war die falsche Formulierung.

»Wie meinst du das, zu UNSEREM Revier? Ich kenne mein Revier, du Katzenimitat! Von UNS kann keine Rede sein. Ich bin ausschließlich heute so nett, dich mitzunehmen. Also bilde dir keine Rechte ein.«

Mit diesen Worten wieder auf den Boden der Tatsachen gebracht, hüllte sich Anne erneut in Schweigen und lauschte den Schwingungen des anbrechenden Tages. Tiger strafte sie kurze Zeit mit Nichtbeachtung, besann sich dann jedoch wieder und wandte sich an sie.

»Ich muss meine Krallen für die kommenden Ereignisse in Form bringen. Zeit für Maniküre! Das machst du bestimmt auch gerne, wenn ich mich recht erinnere.«

Er streckte sich nach vorne, den Oberkörper fast auf der Erde, und begann gefühlvoll die Holzbohlen zu zerkratzen, die den Terrassenboden bedeckten. Dann musterte er Anne kritisch und fragte: »Kann ich dich einen Moment hier alleine lassen? Ich habe etwas mit Jakob zu regeln.«

»Ja, warum nicht?«

»Weil du aussiehst, als ob du Schwierigkeiten anziehen würdest. Schließlich hast du nur ein Menschenhirn.«

»Das immerhin so viel weiß, wie man Dosen und Türen öffnet.« Anne erlaubte sich, diese Bemerkung ein ganz klein wenig pikiert klingen zu lassen.

»Papperlapapp. Verhalte dich ruhig, ich bin gleich wieder da.«

Weg war er, und Anne saß ein bisschen verloren auf ihrer Terrasse. Sie probierte die Krallenmaniküre aus und fand sie angenehm, putzte sich noch einmal den duftenden Schwanz, und gerade als sie sich ein wenig in den Beeten umsehen wollte, fühlte sie plötzlich die Gegenwart eines anderen Wesens.

Vorsichtig schaute sie sich um.

Und erschrak.

Da stand ein Hund.

Ein hässlicher Hund, der ihr seine scharfen Zähne zeigte und aggressiv knurrte.

Was sollte sie jetzt nur tun? Ob er sie angreifen würde?

Revierordnung

Tiger war ungehalten, nicht über Anne, nein, auch nicht über das Schicksal, das ihn in diese Situation gebracht hatte, sondern über sich selbst. Wie konnte er nur so dumm sein, seine Revierzeit zu verschlafen! Dabei gab es so viel mit dem Chef zu klären, und es blieb ihm so wenig Zeit.

Er hatte wenig Hoffnung, Jakob noch auf seiner ersten Runde zu treffen, wollte es aber versuchen. Er lief das Stück Straße hinunter, das zu Emils Haus führte. Ihm fiel auf, dass Jakob schon vor längerer Zeit hier vorbeigekommen war. Er wollte sich auf die Suche nach ihm durch die Wiese machen, um ihn am Bächlein abzufangen, da stieß er auf die Fährte von Hedi, die offensichtlich ebenfalls zur falschen Zeit unterwegs war. Zu allem Überfluss führten die Spuren auch noch in die Richtung seines Heims. Das durchkreuzte gänzlich seine Absichten, denn ein Zusammentreffen von Anne und dem katzenfeindlichen Kläffer musste er verhindern. Also spurtete er zurück und hoffte, später nicht allzu viel von Jakobs Unmut über sich ergehen lassen zu müssen.

Der Hund knurrte noch immer. Anne wich vorsichtig zurück. Noch ein Schritt und noch einer. Sie kannte den Köter. Das war Hedi, ein hysterischer Terrier, der üblicherweise an der Leine seines übergewichtigen Frauchens hing. In den frühen Morgenstunden hatte die aber offensichtlich keine Lust, eine Runde mit ihm zu drehen, und hatte ihrem Hund einfach die Tür geöffnet.

Und nun bedrohte er Anne. Mit einem leisen Fauchen verließ die Luft ihre von Angst zugeschnürte Kehle.

Das beeindruckte den Terrier jedoch nicht. Anne bewegte sich weiter rückwärts und stieß mit ihrem Hinterteil an einen Blumenkübel.

Bisher hatte sie Hedi für einen kleinen, harmlosen Hund gehalten, nun aber war er auf einmal ein Stück größer als sie selbst.

Und sein Gebiss, das er angriffslustig fletschte, schien ihr mörderisch.

»Flucht!«, war ihr einziger Gedanke.

Aber wohin?

Den Weg in die rettende Wohnung versperrte ihr der Hund.

Auf der Straße war sie ungeschützt.

Durch die Hecke traute sie sich nicht. Wenn sie da stecken blieb …

Die Rettung lag über ihr.

Ihr Schwanz peitschte in heller Aufregung und hüllte sie in panischen Magnolienduft. Sie fauchte, und Hedis Knurren verstummte.

Dann nahm sie ihren Mut zusammen und raste los.

Drei große Sätze, dann war sie am Baum.

Festkrallen und hoch.

Da, der erste Ast.

Drauf!

Unten kläffte Hedi empört den Stamm an.

Noch einen Ast höher.

Hedis Stimme überschlug sich.

Noch eine Etage weiter.

Huch, hier wurden die Zweige aber dünn! Die Äste schwankten unter ihr, mit allen verfügbaren Krallen hielt sie sich fest.

Unten ertönte zwischen dem wilden Bellen ein grelles Kreischen.

Vorsichtig wagte Anne einen Blick durch das Laub und erkannte Tiger, der mit aufgeplustertem Schwanz und hochgestellten Rückenhaaren auf Hedi zustakste.

Aus seinen Augen sprühten Flammen, ein tiefes Grollen kam aus seiner Kehle, und Hedis Gekläff verwandelte sich in ein schrilles Winseln.

Ein kurzer Schrei, ein schneller Tatzenhieb – der Hund jaulte auf und trat den Rückzug an.

Eine verärgerte Frauenstimme rief: »Hedi! Heeeedi! Hediiiii!«

Dann war Stille.

Und Anne besann sich auf ihre Lage.

Ein Windstoß versetzte die Äste ins Schwanken, und nun wurde ihr mit Entsetzen klar, wo sie sich befand.

Tiger hatte sie auch entdeckt und murrte mit nach oben gewandtem Kopf: »Komm runter! Er ist weg.«

»Ja … Ja, aber wie?«

»So, wie du raufgekommen bist, Ast für Ast.«

Zögerlich versuchte Anne einen Schritt Richtung Stamm zu machen, wo die Zweige dicker wurden. Alles wackelte unter ihr. Angstvoll klammerte sie sich fest.

»Was ist los?«

Mit einem ganz dünnen Stimmchen antwortete sie auf Tigers barsche Frage: »Das ist so hoch hier …«

»O nein, das nicht auch noch! Warum musstest du denn da hinauf, wenn du nicht schwindelfrei bist?«

Anne betrachtete diese Frage als eine rhetorische, denn sie half ihr nicht weiter. Sie bemühte sich, die leichte Übelkeit herunterzuschlucken, die ihr die Höhe und die Panik verursachten. Dann versuchte sie sich zu erinnern, wie Tiger den Abstieg normalerweise durchführte. Ihr graute jedoch davor, sich kopfüber mit den Vorderpfoten auf den nächstniederen Ast hinab zu lassen. Hilflos schloss sie die Augen und schnaufte.

Auf einmal kam ihr eine frühere Situation in den Sinn. Tiger war, gerade als sie sich kennengelernt hatten, im vollen Jagdfieber hinter einem Eichhörnchen den Kirschbaum hochgeschossen und hatte sich dann nicht wieder heruntergetraut. Anne hatte damals den spuckenden und fauchenden Tiger mit der Leiter und dicken Handschuhen gerettet. Sie erwartete jetzt zwar keine Hilfe von ihm, aber die Erinnerung ermutigte sie, den Weg nach unten weiter fortzusetzen. Dabei lernte sie zu ihrer großen Zufriedenheit die Federkraft ihrer Beinmuskulatur kennen.

Noch ein Ast und noch ein Ast. Auf halber Höhe angekommen, hob sie stolz den Kopf, um nach Tiger zu schauen. Er blickte jedoch gelangweilt über den Garten in die Schatten der Dämmerung. Erst als sie den letzten mutigen Sprung nach unten getan hatte, wandte er sich ihr wieder zu und forderte sie auf, ihm zu folgen. Er ging voran in den Garten. Mit geübtem Schritt fand er eine ausreichend große Lücke zwischen den Stämmen der Büsche und verschwand unter den Blättern. Anne hatte etwas mehr Schwierigkeiten. Sie traute sich nicht durch die engen Zwischenräume, und nach dem dritten Versuch entrang sich ihr ein klägliches Maunzen. Zu ihrem Erstaunen war Tiger sofort zur Stelle.

»Was jaulst du denn jetzt schon wieder?«, fauchte er ungeduldig.

»Ich weiß nicht, wo ich durch die Hecke kommen soll, sie ist so furchtbar dicht.«

»Dummes Zeug, du hast noch kein dichtes Gebüsch gesehen. Sieh mal hier und hier und dort! Überall kommst du durch.«

»Woran erkennst du das denn?«

»Wozu haben wir wohl unsere Schnurrhaare? Wo die durchpassen, geht auch der Rest durch. Auf, ich gehe voran!«

Sie folgte ihm vertrauensvoll durch die schmale Lücke und wunderte sich, dass sie noch nicht einmal hängenblieb. Dann standen sie beide auf dem kurz geschnittenen Rasen und schauten hinab zu der Wiese gegenüber der Straße.

»Es fühlt sich ja ganz hübsch unter den Pfoten an, dieses kurze kühle Gras, aber zum Anschleichen ist es völlig ungeeignet. Keine Deckung hier, verstehst du«, klärte Tiger sie auf. Dann begann er, sich Richtung Gartenzaun zu bewegen, und Anne trottelte, fröhlich die Umgebung musternd, hinter ihm her. Rosenbüsche grenzten das Grundstück ein. An einer bis zum Boden reichenden Blütenranke blieb sie stehen, um den Duft einer sich eben öffnenden weißen Rosenknospe aufzunehmen. Danach schlenderte sie zum nächsten Rosenbusch, dessen rote Blüten in voller Pracht im Dämmerlicht des Morgens leuchteten. Auch hier nahm sie eine Nase voll Duft auf, dann ging sie weiter zu dem Busch rosafarbener Röschen und schnupperte.

»Mir ist noch nie aufgefallen, wie unterschiedlich die Rosen riechen können. He, Tiger das ist absolut toll!« Sie blickte sich um. »Tiger! Tiger …? Tiger, wo bist du?«

Sie richtete sich auf und blickte durch den Jägerzaun. Da saß Tiger stocksteif am Straßenrand und rührte sich nicht. Spornstreichs lief sie zu ihm und setzte sich neben ihn.

»Was habe ich denn jetzt schon wieder falsch gemacht?«

Tiger zuckte zusammen und musterte sie einen Moment mit einer Falte über der Nase.

»Ach, nichts ... Ich erinnerte mich hier nur an etwas. Na, egal. Komm, wir gehen ins richtige Revier. Pass ein bisschen auf Kletten und Zecken auf, die sind so schwer aus dem Fell zu bekommen.«

Gemeinsam überquerten sie die Straße und kamen an den geparkten Fahrzeugen vorbei. An dem blauen Kleinwagen hielt Tiger inne und hinterließ eine Markierung am Hinterrad.

»Das solltest du auch machen, schließlich ist es unser Auto«, empfahl er.

Anne hatte Mühe, sich einen Kommentar zu der Formulierung »unser Auto« zu verkneifen und folgte – wenn auch mit einem Rest von Schamgefühl – seiner Aufforderung. Dann liefen sie weiter und waren schon fast an der Wiese angelangt, als in der Ferne Schritte erklangen.

»Müssen wir uns verstecken?«, flüsterte Anne ängstlich.

»Ach, Quatsch, was bist du für ein furchtsames wildes Tier! Das ist doch nur Minni Schwarzhaupt, die Krankenschwester, mit der du sonst immer stundenlang Schwätzchen hältst und darüber meine Futterzeiten vergisst. Minni ist nett.«

Tatsächlich, als Minni, in bequemen Gesundheitssandalen und weißen Söckchen, die ausgeleierte graublaugrüne Strickjacke gegen die Morgenkühle eng um die Schultern gezogen, an den beiden Katzen vorbeikam, blieb sie kurz stehen und strich Tiger über den Kopf.

»Na, Junge, heute Gesellschaft auf dem Kontrollgang?«, erkundigte sie sich mit ihrer sanften Stimme.

Anne schaute sie mit großen Augen an und zuckte nur

unmerklich zurück, als die riesige Hand aus der erhabenen Höhe zu ihr niederfuhr, um auch ihr sanft über den Kopf zu streichen.

»Na, na, nur keine Angst, Kleine. Was bist du für ein hübsches Kätzchen! Du erinnerst mich fast ein bisschen an meine Cleo.«

Anne fand die Berührung höchst angenehm und drehte den Kopf leicht in der Hand hin und her. Dabei schnurrte sie nach Leibeskräften. Dann verabschiedete sich Minni mit den Worten: »Also, ich muss weiter. Pass gut auf deine neue Freundin auf, Tiger.«

Mit einem letzten freundlichen Blick über die Schulter eilte Minni davon.

»Bilde dir jetzt bloß nichts ein«, murrte Tiger. »Wir nehmen zuerst den Kiesweg zur Brücke.«

Seite an Seite zogen die beiden los.

»Was ist eigentlich mit Cleo geschehen, Tiger? Ich habe sie seit fast einem Monat nicht mehr gesehen?«

»Das weiß ich doch nicht. Es gibt viele Wege, wie Katzen verschwinden können.«

»Hoffentlich ist ihr nichts Schlimmes passiert. Sie war so lebenslustig und so tapfer mit ihren drei Beinen.«

»Was muss dich das denn interessieren?«

Von dieser unfreundlichen Abfuhr entmutigt, schwieg Anne wieder und konzentrierte sich auf den Pfad, den sie jetzt einschlugen. Der Weg war gepflastert und fühlte sich rau und kühl unter den Pfoten an. Rechts und links standen Brombeerbüsche, deren weiße Blüten schwach dufteten. Einige Meter weiter lud eine Bank müde Spaziergänger zum Verweilen ein, und daneben stand ordnungsgemäß der Müllbehälter.

Angeekelt schüttelte Tiger die Pfoten. Unsympathische Zeitgenossen hatten den Inhalt in der Nacht angesteckt. Halbverkohltes Papier mit Essensresten lag verstreut um den Sitzplatz, Glassplitter von zerschlagenen Flaschen glitzerten scharfkantig auf dem Weg im Umkreis von einigen Metern und an einer Stelle hatten widerwärtige Menschen sogar die Pflastersteine aus dem Weg gegraben und ins Gebüsch geworfen.

Tiger und Anne machten einen vorsichtigen Bogen um den verwüsteten Platz und blieben dann stehen, um auf den Schaden zurückzublicken.

»Menschen«, knurrte Tiger vielsagend.

»Scheußlich, ja. Und ich kann mir sogar denken, wer das war.«

»Kannst du das? Ich kann es mir nicht nur denken, ich kann es sogar riechen.«

»Ach ja, ich weiß, dass du besser riechen als denken kannst«, erlaubte sich Anne zu bemerken, wobei sie vorsichtshalber einen Schritt zur Seite tat.

»Plüschohr, ich warne dich«, grollte Tiger, aber offensichtlich hatte er sich langsam an derartige Bemerkungen gewöhnt.

»Mir sind seit einiger Zeit ein paar unangenehme Halbwüchsige aufgefallen, die mit großer Freude randalierend durch das Dorf ziehen. Ich denke, die haben schon einige hässliche Dinge auf dem Kerbholz.«

»Ja, ich glaube, wir meinen dieselben Jungs. Es sind vier, und sie riechen nicht besonders gut. Kannst du hier dran erkennen.« Tiger deutete mit seiner Nase auf eine am Wegesrand liegende Jacke, ein olivgrüner Blouson mit orangefarbenem Futter und von reichlichem Gebrauch gezeichnet.

»Hat wohl einer von denen vergessen.«

Die Pfote

Anne wurde neugierig. Sie schnüffelte an dem Kleidungsstück und versuchte, mit den Pfoten in die Taschen zu kommen.

»Was machst du denn da? Lass doch den stinkenden Lappen liegen.«

»Ich möchte aber gerne wissen, ob es irgendwelche Hinweise auf diese Typen gibt. Abgesehen davon bin ich einfach neugierig.«

Die beiden ersten Taschen waren bis auf ein schmutziges Papiertaschentuch leer, aber als Anne sich in die dritte Seitentasche hineinwühlte, angelte sie schließlich einen länglichen Gegenstand heraus. Zuerst erkannte sie ihn nicht, doch während sie das tiefe und zornige Grollen von Tiger neben sich hörte, wurde ihr plötzlich klar, was da vor ihr lag.

Das graupelzige Ding war eine Katzenpfote!

Entsetzt ging sie langsam rückwärts. Dabei konnte sie ihren starren Blick nicht von der Pfote lassen. Trotzdem fand sie als erste die Worte wieder.

»Barbaren, Schweine, Verbrecher!«

Tiger grollte weiter, aber dann grub er seine Krallen in die Jacke und begann mit systematischem Rachedurst den Stoff des Ärmels in kleine Fetzen zu zerreißen. Anne beobachtete etwas gelassener dieses Beispiel kätzischer Zerstörungswut. Ihre Rachegedanken gingen über das Kleidungsstück hinaus. Nach kurzer Zeit war Tiger mit seinem Werk fertig – zufrieden und wieder ansprechbar.

»Wir wissen jetzt, wer die Übeltäter sind. Wenn wir sie treffen sollten, werden wir uns etwas sehr Unangenehmes einfallen lassen.«

»Wie kannst du nur so ruhig und bedächtig sein, wenn es um Blutrache geht!«, fauchte Tiger sie an.

Anne betrachtete ihn nachdenklich. »Weißt du, ich finde Blutrache nicht richtig. Meist erwächst daraus nur noch Schlimmeres. Wir wissen nicht, wie der Typ, dem diese Jacke gehört, an die Katzenpfote gelangte. Wir können versuchen herauszufinden, wie er dazu gekommen ist. Jetzt ohne Sinn und Verstand herumzuwüten bringt uns überhaupt nicht weiter.« Sie schaute Tiger freundlich und Zustimmung erheischend an. »Außerdem musst du doch deinen Reviergang weiterführen.«

Tiger blieb einen Moment sitzen und putzte sich gedankenversunken die rechte Flanke. »Okay, kannst recht haben. Gehen wir weiter.«

Sie setzten ihren Weg fort, bis sie zu der kleinen Brücke kamen, die über das Bächlein führte. Hier war es deutlich einige Grade kühler als in dem höher gelegenen Dorf und es roch wundervoll feucht und ein bisschen moderig. Die Pflanzen am Ufer waren saftig grün und das Wasser plätscherte klar über die Steine. Tiger wählte zu Annes Erstaunen nicht den Weg über die Brücke, sondern folgte dem ausgetretenen Pfad zum Wasser.

»Du wirst doch wohl nicht etwa ein Bad nehmen wollen, Tiger?«, hänselte sie ihn mit bewusst harmloser Miene.

»Rattenschwanz, ich bin durstig! Dir sind solche schlichten Gefühle wohl fremd, was?«

»Nein, jetzt wo du es sagst, eigentlich nicht. Aber diese Stelle ist doch recht abschüssig, oder? Und etwas glitschig ist der Boden auch.«

»Du bist reichlich zimperlich. Dann such dir doch einen besseren Platz, aber lauf nicht so weit weg.«

»Nein, nein«, antwortete Anne, bereits im Fortgehen. Sie erinnerte sich an einen kleinen Stausee mit Wasserrad und Dämmen, den vor Kurzem ein paar Kinder etwa zehn Meter weiter gebaut hatten. An ihm würde das Wassertrinken viel einfacher sein.

Und richtig, da war schon der Ort, an den sie gedacht hatte. Das Wasserrad aus Zweigen war zwar verschwunden, weggespült von den reißenden Fluten des Bächleins, aber die Dämme bildeten noch immer einen kleinen See.

Anne beugte sich zur Wasseroberfläche, und nach einigen unwesentlichen Schwierigkeiten mit dem Schlabbern hatte sie den Dreh heraus, aus der Zunge einen Schöpflöffel für die glasklare Flüssigkeit zu machen. Das Quellwasser schmeckte ihr ausgesprochen gut.

Nachdem sie ihren Durst gelöscht hatte, traf sie noch eine weitere Entscheidung. Der sie wie ein Kometenschweif verfolgende Duft ihres Schwanzes fing an, ihren Geruchssinn stark zu beeinträchtigen. Abgesehen davon, fand sie Magnolien-Parfüm schon immer zu süßlich.

Mit der Mahnung »Disziplinier' dich!« tauchte sie todesmutig ihren Schwanz in das kalte Wasser.

Es schüttelte sie.

Anne begann zu zweifeln, ob sie jemals wieder würde duschen mögen.

Die Beantwortung dieser selbstgestellten Frage musste unterbleiben, denn ein Platschen und ein äußerst unwilliger Katzenlaut trafen auf ihr linkes Ohr. Rasch zog sie ihren triefenden Schwanz aus dem Wasser, schüttelte sich kurz und wollte zum Ort des Geschehens sprinten, als ihr nach dem ersten Sprung einfiel, dass ein wenig Rücksichtnahme auf

Tigers empfindliche Würde ihr sicher besser anstand. Also widmete sie sich zunächst noch einige Minuten der Pflege ihres Schwanzes. Als er einigermaßen trocken war und vor allem neutral roch, schlenderte sie in Richtung Brücke.

Zunächst bemerkte sie Tiger überhaupt nicht, denn sein braun-schwarz getigertes Rückenfell gab ihm ausreichend Deckung im hohen Gras. Er saß mit dem Rücken zu ihr und putzte sich.

Anne bemühte sich, so laut wie möglich in seine Nähe zu kommen. Sie raschelte mit dem Gras, murmelte halblaut vor sich hin, bis es ihr schließlich gelang, Tigers Aufmerksamkeit zu erringen. Er drehte sich um und wies sie streng darauf hin: »Wenn du weiter wie ein plattfüßiges Rudel Igel durch die Landschaft stampfst, dann ist deine Karriere als Katze bald beendet.«

Was seinen Worten etwas an Autorität nahm, war die Maskerade, die er angelegt hatte. Das ansonsten weiße Gesicht mit der rosa Nase war mit dunklem Schlamm verschmiert, wodurch er wie ein betrunkener Zirkusclown wirkte. Anne betrachtete ihn zuerst entsetzt, dann packte sie eine wilde Heiterkeit. Hilflos vor Kichern fiel sie auf die Seite und drehte den Bauch nach oben.

»Was ist denn nun schon wieder? Kannst du dich nicht normal benehmen?«

Die Arroganz, mit der diese Worte ausgestoßen wurden – in Verbindung mit dem clownesken Anblick –, wurden Anne fast zum Verhängnis. Nach Luft japsend lag sie auf dem Rücken und bemühte sich, ihrem Lachanfall Herr zu werden. Wütend stürzte sich Tiger auf sie und versuchte, ihr mit seinen scharfen Krallen das Fell über die Ohren zu ziehen. Dieser Angriff ernüchterte Anne, und sie hörte mit dem Kichern auf und versuchte, ein versöhnliches Schnurren zu produzieren, was ihr auch gelang.

Tiger zog sich mit noch immer vor Zorn funkelnden Augen zurück.

Anne rappelte sich auf und erkundigte sich höflich: »Tiger, du hast einen kleinen Schmutzfleck auf der Nase. Erlaubst du, dass ich ihn dir entferne? Er liegt an einer ziemlich ungünstigen Stelle.«

Einigermaßen besänftigt stimmte Tiger zu und kommentierte auch nicht die ausgedehnten Säuberungsaktionen, die zur Entfernung des »kleinen Schmutzfleckes« notwendig waren.

Jakob

Nach diesem Zwischenfall setzten Anne und Tiger ihren Weg fort.

Im Osten färbte sich langsam der Himmel rosa und ein leichter Frühnebel zog aus dem feuchten Tal auf. Ein weiterer warmer Frühsommertag begann. Das Dorf wurde allmählich lebendig, erste Rollläden wurden klappernd hochgezogen, ein Auto startete, irgendwo krähte sogar ein Hahn.

Sie hatten den Weg verlassen und stromerten durch das hohe Gras. Die Rispen schlugen über ihrem Rücken zusammen und Blütenpollen bestäubten ihr Fell. Kleine Tiere bevölkerten den Boden. Da gab es schwarz glänzende Käfer, eine schleimige Kröte, einen neugierigen Regenwurm und allerlei Insekten, wie sie an feuchten Bachläufen heimisch sind. Tigers

Jagdtrieb schlummerte noch, er konzentrierte sich auf den unsichtbaren Pfad, dem er folgte, und Anne trottete gedankenversunken hinter ihm her, bestrebt, so viele Eindrücke wie möglich zu gewinnen, um nicht ständig unbeherrschbaren Situationen gegenüberzustehen. Außerdem vertraute sie Tiger ganz und gar.

Plötzlich blieb er stehen, seine Ohren drehten sich nach allen Seiten, um dann nach vorne gerichtet zu bleiben. Anne richtete ebenfalls ihre Ohren aus und lauschte. Es war vermutlich das leise Flüstern des Grases, durch das ein anderes Tier schlich, was Tigers Aufmerksamkeit erregte.

»Habe ich es mir doch gedacht. Jakob ist ein Ausbund an Pünktlichkeit.«

»Wir treffen ihn hier?«, wollte Anne wissen.

»Sicher, das ist seine Route.«

»Ich würde ihn gerne von Katze zu Katze kennenlernen. Als Mensch kommt man nicht an ihn heran. Er wirkt immer so mürrisch.«

»Lass dich überraschen.«

Das Gras vor ihnen schwankte und im nächsten Moment standen sie dem weiß-scheckigen Kater gegenüber.

»Was machst du denn hier?«, herrschte Jakob Tiger an. »Du weißt doch ganz genau, das hier ist meine Zeit und meine Strecke. Kannst du dich nicht an die Regeln halten? Ich werde mir das merken und Konsequenzen daraus ziehen. Schließlich habe ich den Revierplan nicht aus Spaß aufgestellt.«

»Hallo Jakob, lange nicht mehr gesehen«, begrüßte Tiger ungerührt den ungehaltenen Kater.

»Du brauchst gar nicht so scheinheilig zu tun. Tatsache ist, dass du in meine Revierzeit eingedrungen bist. Wo soll das denn hinführen, wenn jeder hier durchlaufen kann, wann er will? Diese Unsitten müssen aufhören.«

»Du hast ja so recht, Jakob, aber es gab da heute Probleme mit dem Heimrevier. Gott, das kennst du doch! Dein Mensch macht dir doch auch manchmal Schwierigkeiten.«

Damit hatte Tiger dem Gespräch die richtige Wende gegeben.

»Das kann man wohl sagen, halbtaub, dieser alte Kracher. Er hört kaum noch mein Maunzen. Da muss man sich halb die Lunge aus dem Hals kreischen, bis er sich aufgerappelt hat, um die Tür zu öffnen. Und mit dem Futter wird er auch immer sparsamer.«

»So schlimm, Jakob?«, forschte Tiger nach und musterte den älteren, aber noch kräftigen Kater mitleidig. »Du siehst auch schon etwas magerer aus. Soll ich darauf achten, dass mein Mensch dir zukünftig noch einen Zusatzhappen herausstellt?«

»Um Himmels willen. Dein Mensch macht doch sowieso nur Dosen auf. Sie ist eine von diesen zickigen, berufstätigen Weibern, die nicht einmal mehr kochen können. Wenigstens das hat Emil drauf. Aber er selbst isst auch immer weniger«, schloss der alte Kater verdrossen.

»Wie geht's denn sonst so zu Hause?«

»Ach, es könnte besser sein. Tim und Tammy schauten letztens vorbei, um Stunk zu machen. Die haben sich auch noch nicht die Krallen abgestoßen. Sie wollten Emil in die Polster der Gartenmöbel machen.«

»Hast du irgendwas dagegen unternommen?«

»Wenig. Soll der Alte sich doch selber kümmern. Bin ich meines Menschen Hüter?«

»Wer von uns ist das schon?«, philosophierte Tiger nachdenklich, konnte das Thema aber nicht vertiefen, weil Jakob seine Aufmerksamkeit auf Anne richtete.

»Wer ist die da eigentlich?«, zischte Jakob, plötzlich wieder herrisch geworden. »Nicht nur, dass du zur Unzeit im Revier bist – du schleppst auch noch Fremde mit an. Hat die eine Erlaubnis?«

»Sie ist mein Gast«, erwiderte Tiger einsilbig.

»Ich kann das nicht haben, fremde Katzen! Da gibt es nur Unruhe. Aber wer hört schon auf mich? Na egal, ich muss weiter. Mit euch habe ich jetzt schon genug Zeit vertrödelt.«

»Ja, wir wollen auch weiter, sonst wird es zu spät, aber wir müssen uns im Laufe des Tages noch mal sprechen. Es gibt da ein Problem.«

»Später.«

»Mach's gut, Jakob.«

Jakob verschwand ohne Gruß im Gebüsch.

Anne blickte ihm nach. »Wenn ich nicht wüsste, dass der alte Herr Jakob seinen letzten Wurstzipfel abgeben würde, könnte man ihn fast bemitleiden.«

»Und wenn du Tim und Tammy letzte Woche gesehen hättest, dann wüsstest du, was ›wenig‹ bei Jakob bedeutet. Er hat für sein Alter noch eine ganz kräftige Pfotenschrift.«

»Die beiden sind schon lange zusammen, nicht wahr?«

»In einer seltenen Plauderstunde hat Jakob von siebzehn Jahren gesprochen. Er ist schon ein Original. Aber jetzt weiter! Ich habe noch eine Verabredung.«

Nina

Während sie weiterzogen, hing Anne ihren Gedanken nach. Sie fand die beiden Begegnungen mit den Katzen sehr aufschlussreich. Es gab eine etablierte Gemeinschaft unter ihnen, aber obwohl sie sich gegenüber einer Neuen wie ihr zurückhaltend verhielten, waren sie doch nicht feindselig. Nachdenklich zog Anne eine Parallele zu dem Verhalten der menschlichen Dorfbewohner. Auch sie bildeten eine lose Gemeinschaft. Die Neuzugezogenen – auch die Ausländer – wurden einigermaßen freundlich aufgenommen oder zumindest in Ruhe gelassen. Bis sich jedoch Freundschaften gebildet hatten, dauerte es eine Weile.

Das Gelände ging jetzt wieder ein wenig aufwärts, das Gras wurde lichter. Das erlaubte ihr einen Blick über das Örtchen. Anne blieb einen Moment stehen, um ihre Augen darüber schweifen zu lassen. Als Mensch war sie froh über den ländlichen Charakter der kleinen Ansiedlung, für eine Katze war ihr die Umgebung schon immer ideal vorgekommen, und jetzt fühlte sie sich vollständig bestätigt. Es war ein wundervolles Revier. Dann aber musste sie sich sputen, um wieder an die Seite ihres Begleiters zu gelangen, der zügig voranlief.

Erst in der Nähe der Straße verhielt Tiger seine Schritte.

»Nina ist nicht die Pünktlichste. Warten wir ein Weilchen.«

Er faltete die Pfoten säuberlich unter dem Bauch und legte sich darauf, den Schwanz elegant in einer Linksdrehung um den Körper geschmiegt. Anne machte es ihm nach, aber ihr Schwanz legte sich in einer Rechtsbiegung zurecht. Obwohl sich der Boden noch kühl anfühlte, war es angenehm hier. Die frühen Sonnenstrahlen trafen schon wärmend auf das Fell und Anne versuchte ein Gespräch zu beginnen.

»Nina ist eine Rassekatze, nicht?«

»Wir sind alle Rassekatzen«, lautete die knappe Antwort.

Anne ließ sich von dieser Abfuhr nicht weiter beeindrucken und bohrte weiter nach.

»Ja, aber durch ihre Schlappohren ist sie doch etwas Besonderes, oder?«

Nina war Christians Scottish Fold mit cremefarbenem Fell und elegant abgeknickten Ohren.

»Das lass sie nur nicht hören. Die Ohren sind ihr wunder Punkt. Ein echter Erbfehler.«

Danach hüllte Tiger sich wieder in Schweigen und nach geraumer Zeit war das Pfotentappen einer sich nähernden Katze zu hören. Tiger stand auf und blickte dem schönen und anmutigen Tier entgegen.

»Hallo, Tiger«, maunzte Nina freudig.

Die beiden gingen auf einander zu und blieben Nase an Nase stehen, um sich anzupusten.

»Na, einen schönen Rundgang gehabt?«

»Was kann schon schön daran sein! Das einzig Schöne ist, dich hier zu treffen.«

»Schmeichler, Tiger.« Nina richtete geziert den Schwanz auf. Dann fiel ihr Blick auf Anne und ihre goldenen Augen verengten sich. Mit leicht indigniertem Ton forderte sie dann: »Möchtest du mich nicht vorstellen?«

»Vorstellen? Ach ja, das ist … äh, das ist, mh ja … Anne. Zu Besuch, weißt schon.«

»So.« Misstrauen blitzte in Ninas Augen auf.

Anne hatte sich erhoben und begrüßte sie freundlich. »Einen

schönen guten Morgen, Nina. Ich freue mich, dich kennenzulernen.«

»Das beruht nicht auf Gegenseitigkeit.«

Verblüfft von soviel Ehrlichkeit entfuhr Anne: »Nanu, was habe ich dir denn getan?«

»Du hast viel zu spitze Ohren, um sympathisch zu sein.«

»Oh.«

Anne fehlten die Worte zu einer Erwiderung und Nina schaute nach dieser Beleidigung desinteressiert ins Weite.

»Nina, wollen wir gemeinsam auf die Jagd gehen? Ich glaube, ich habe vorhin ein vielversprechendes Mäusenest gefunden«, mischte sich Tiger diplomatisch ein.

»Ach, geh du nur mit deiner neuen Freundin jagen, dabei störe ich nur. Drei Katzen sind schließlich schon ein Rudel«, beschied ihn Nina und wandte sich zum Gehen.

»Da kann man wohl nichts machen.«

»Rassekatzen sind wohl immer ein wenig neurotisch«, spöttelte Anne, von der Abfuhr beleidigt.

»Jetzt langt es aber!«, fauchte Tiger. »Du gibst einer guten Freundin das Gefühl überflüssig zu sein, und dann erzählst du noch was von neurotisch.«

Langsam wurde Anne wütend. Erst die Nichtbeachtung durch Jakob, anschließend die schnippischen Bemerkungen von Nina, und jetzt beschuldigte Tiger sie auch noch völlig zu Unrecht, dieses verzogene Rasse-Schlappohr beleidigt zu haben. Sie drehte sich zu ihm um, sah ihm in die Augen, machte einen Buckel und fühlte, wie sich der Schwanz aufplusterte.

»Das nimmst du sofort zurück.«

Ganz unerwartet wurde dieser Satz zu einem scharfen Fauchen. Erschrocken über die Heftigkeit ihrer Reaktion fuhr Tiger zusammen, doch seine Angst verwandelte sich in Blitzesschnelle in schäumende Wut. Er legte die Ohren an und plusterte sich auf. Beide standen sich plötzlich fauchend und spuckend gegenüber und führten eine Diskussion ohne Worte.

Tiger hob als erster die Pfote, um einen Tatzenschlag anzusetzen, aber Anne wich ihm aus. Als er weiter auf sie zukam, setzte sie sich auf die Hinterbeine und richtete sich zu ihrer vollen Höhe auf. Ein tiefes Brummen aus ihrer Kehle versetzte sie und Tiger gleichermaßen in Erstaunen.

Er war offensichtlich beeindruckt und machte fauchend einen kleinen Schritt rückwärts.

Doch in diesem Augenblick gewann Annes Vernunft wieder die Oberhand. Sie ließ sich auf alle viere nieder und sagte, immer noch wachsam: »Hören wir auf, Tiger, das hat doch keinen Sinn.«

Auch Tigers Wut verrauchte rasch, aber er war weiterhin mürrisch.

»Lass mich in Ruhe«, sagte er, drehte sich um und stiefelte steifbeinig davon.

Jagd

Anne blieb einen Augenblick sitzen und dachte über das Geschehen nach. Der Jähzorn und die wilde Kampfeslust, die sie soeben überkommen hatten, verblüfften sie. Ihre Erfahrungen, was das Kämpfen anging, bezog sie bislang aus den eher ritualisierten Kämpfen des Karate, eine Sportart, die sie seit einigen Jahren mit Begeisterung und Erfolg betrieb. Die erste Regel, die man ihr dabei eingebläut hatte, lautete, einen Kampf immer mit kühlem Kopf anzugehen. Sie hatte geglaubt, inzwischen damit ihre Gefühle im Griff zu haben, vor allem, wenn der Gegner eigentlich ein Bekannter oder Trainingspartner war. Der emotionale Ausbruch eben war ein Anlass, über ihre zukünftigen Reaktionen nachzudenken. Sie beschloss, sich soweit wie möglich aus allem Ärger herauszuhalten, denn ein Blick auf die Krallen sagte ihr, dass ein Hieb damit recht schmerzhaft werden würde. Zumal sie ihre eigene Kraft noch immer nicht richtig einschätzen konnte und daher nicht wusste, wie schnell sie mit ihren kätzisch unerfahrenen Techniken die Unterlegene sein würde.

Während dieser Betrachtungen hatte sie das gesträubte Fell wieder einigermaßen in Richtung gebürstet und überlegte nun, was sie unternehmen sollte.

Tiger war im Gebüsch verschwunden und sie fühlte sich ein wenig verlassen. Also befand sie es für richtig, ihre Kenntnisse im Fährtensuchen einzusetzen und ihm nachzuschleichen.

Forschend sog sie den Atem ein, um seine Witterung aufzunehmen. Aus der Luft kam nur ein ganz schwacher, verwehter Hauch von Tiger, der ihr keine Hilfe war. Also konzentrierte sie sich auf die Geräusche und lauschte intensiv nach allen Richtungen. Sicher, da waren einige Tiere unterwegs, natürlich auch einige Katzen, aber nichts Spezifisches, das auf Tiger schließen ließ.

Sie überlegte.

Dort, wo Tiger vorhin gesessen hatte, war sein Geruch noch am intensivsten. Sie beschnüffelte seinen Ruheplatz. Vielleicht war es möglich, seine Spuren am Boden zu verfolgen. Wie sich zeigte, setzte sich der Geruch in der Richtung fort, in die er verschwunden war. »Schweißpfoten«, kicherte Anne für sich. Schnuppernd machte sie sich auf den Weg, vorsichtig und leise Pfote vor Pfote setzend, um möglichst unbemerkt zu bleiben. Die Spur führte unter stacheligen Brombeerranken hindurch zum Bachlauf. Hin und wieder blieb Anne stehen, um einen Blick über die Gegend schweifen zu lassen. Das war an dieser Stelle möglich, denn sie befand sich immer noch auf etwas erhöhtem Terrain mit niedrigem Grasbewuchs. Tiger war aber nicht zu sehen. Dagegen hörte sie auf dem Weg einige Schulkinder lärmend zur Dorfmitte eilen, um sich an der Bushaltestelle zu versammeln. Von ihnen drohte ihr aber keine Gefahr, entdeckt zu werden. Sie nahm die Verfolgung wieder auf.

Es war gar nicht so schwierig, den Spuren zu folgen, und langsam bildete sich auch aus den anderen Geruchspfaden ein Muster heraus, wer wann welche Route im Revier genommen hatte. Sie erkannte Jakobs kreuzende Fährte, die von zwei gemeinsam patrouillierenden unbekannten Katzen, einen hündischen Abstecher ins Gebüsch, der stark riechend endete, und Wege von bislang unbekannten Tieren, vielleicht Kaninchen.

Aber da sie sich auf Tigers »Schweißpfoten« konzentriert hatte, konnte sie ihm zielgerichtet folgen. An einem kleinen Baum wurde sein Geruch sogar richtig stark, hier hatte er wohl sein Mäulchen gerieben. An einem Zaunpfahl fand sie seine deutliche Gebietsmarkierung und wurde an »unser Auto« erinnert.

Ihr Zorn auf Tiger war schon lange verflogen, und sie dachte mit Zuneigung daran, wie viel Mühe er sich gegeben hatte, sie mit den kätzischen Formen des Daseins vertraut zu machen.

Vermutlich war sie schon ganz in seiner Nähe, und so schlich sie noch ein wenig lautloser und vorsichtiger durch das höher werdende Gras.

Richtig, da vorne saß er, geduckt und völlig unbeweglich. Sein Blick war fest auf einen Punkt auf dem Boden gerichtet, wo sich jedoch nichts rührte. Dennoch knisterte die Luft förmlich vor Anspannung. Neugierig blieb auch Anne in Erstarrung stehen, um das Geschehen zu verfolgen.

Tiger war auf der Jagd.

Anne überlegte sich, ob sie seinem Beispiel folgen sollte. Kleine Nagetiere waren in reichlicher Anzahl vorhanden, sie hatte sie schon seit geraumer Zeit wahrgenommen. Sie schnupperte probehalber und konzentrierte sich dabei auf den nun bekannten Mäusegeruch.

Ja, da war etwas!

Jede Pfote sorgsam, wie auf Zehenspitzen aufsetzend, schlich sie näher an die Erfolg versprechende Stelle heran. Unbewusst empfand sie große Genugtuung über das wundervolle Zusammenspiel ihrer Muskeln. Nichts ermüdete, wurde schwerfällig und eckig. Geschmeidig glitt ihr Körper voran. Dann entdeckte sie die Maus, ein kleines, graubraunes Wesen mit schwarzen Knopfaugen. Einen Bruchteil von Sekunden blickten sich Katze und Maus an, dann huschte das Tierchen von dannen. Anne hatte noch nicht einmal die Chance, auch nur die Pfote zu heben.

Doch sie gab nicht auf. Ein paar Meter weiter bot sich ihr eine neue Möglichkeit zur Jagd an. Vorsichtig geduckt schlich sie vorwärts. Eine braune Haselmaus saß auf einem Holzstück und putzte sich zierlich die Pfötchen.

Eigentlich fand Anne das Tierchen viel zu niedlich zum Fangen, und sie beschloss, die Maus nicht zu töten. Vielleicht konnte sie nur ein wenig Haschen mit ihr spielen.

Anne verharrte und schätzte die Entfernung ab.

Noch zwei Schritte, noch einer, die rechte Pfote hob sich und …

Verwirrt betrachtete Anne die Rindenstückchen zwischen ihren Krallen. Von Haselmaus keine Spur.

Sie fragte sich, was sie falsch gemacht hatte. Sie war leise aufgetreten, ihr Schwanz hatte sich friedlich verhalten, noch nicht einmal der Wind wehte aus ihrer Richtung, und vor Aufregung geschnauft hatte sie auch nicht. Oder?

Sinnend blieb sie einen Moment sitzen und ließ ihren Blick über die Landschaft schweifen. Das Gras war noch frühsommerlich grün und saftig, die langen Zweige der Weiden am Bachufer wiegten sich sanft hin und her, und im Schatten der Büsche und Sträucher netzte noch morgendlicher Tau die Erde. In ihrem näheren Umkreis blühten dunkelgelbe Sumpfdotterblumen und einige wilde Vergissmeinnicht trugen noch blassblaue Blütensternchen. Alles strahlte frisch im Morgenlicht, und Anne erkannte ihre Gestalt von den Pfoten bis zu den gespitzten Ohren in dem langen Schatten, den die Sonne hinter ihr erzeugte.

Der Schatten hatte sie verraten!

Das war also der Grund für den Misserfolg. Diese Erkenntnis gab ihr neuen Auftrieb. Sofort suchte sie die Umgebung nach einem neuen Opfer ab. Nicht lange, und sie hatte ein Ziel entdeckt. Diesmal näherte sie sich von der richtigen Seite dem herabgefallenen Ast, hinter dem sie die Maus vermutete. Da saß das Tierchen auch schon, ihr den Rücken zugewandt, beim Frühstück und knabberte an einem Körnchen. Selbstbewusst und ohne Zögern setzte Anne zum Hieb an. Sie erwischte die überraschte Maus auch, allerdings nur noch am Schwanz. Die Kleine konnte sich befreien und huschte einige Meter weiter unter einen Stein, wo sie bewegungslos liegen blieb.

Anne war jetzt vom Jagdfieber gepackt. Sie schlich näher und blieb ebenfalls regungslos sitzen, so wie sie es vorhin bei Tiger gesehen hatte. Die Maus konnte nicht ewig so ruhig bleiben.

Nichts durchbrach ihre Achtsamkeit. Anne bemerkte den Fasan nicht, der ihr bei seinem Familienausflug fast auf den Schwanz getreten wäre, hörte die kreischenden Bremsen und das anschließende Hupkonzert von der Straße nicht und sah auch die beiden Katzen nicht, die sie aus einiger Entfernung neugierig beobachteten. Nur die Maus zählte. Wenn nur dieses unkontrollierte Zucken im Schwanz nicht wäre. »Gib Ruhe!«, befahl sie ohne Erfolg.

Dann richtete sie ihre Aufmerksamkeit wieder auf die Maus. Was war das? Eine winzige Bewegung im Gras.

Die Ohren justierten sich neu.

»Jetzt will sie ausbüchsen.«

Die Hinterbeine spannten sich, und genau in dem Moment, in dem die Maus ihr Versteck verlassen hatte, war Anne mit einem hohen Sprung über ihr. Wie von selbst gruben sich ihre Fangzähne in den Nacken der Beute.

Ein Freudenmaunzer entwischte ihr ganz gegen ihren Willen. Er klang ziemlich vollmundig.

»Das muss ich Tiger zeigen, Tiger zeigen, Tiger zeigen«, sang Anne gut gelaunt vor sich hin und lief, die Maus quer im Maul, zu dem Holunderbusch, unter dem Tiger sich inzwischen zu einem Schlummer zurückgezogen hatte. Voller Eifer wusste sie gar nicht, wie sie ihn wecken sollte. Doch er hatte in seinem wachsamen Schlaf bereits gespürt, dass sich ihm etwas näherte, und schlug just in dem Augenblick die Augen auf, als Anne ihm die Maus vor die Nase hielt. Sein Blick spiegelte Erstaunen und Unglauben wider, aber er hatte sich schnell wieder im Griff.

»Wo hast du das abgelegte Teil denn gefunden?«, knurrte er, noch immer den Mürrischen spielend.

»Die Maus habe ich selbst gefangen! Gut, nicht?« Lob erheischend schaute sie ihn an. »Sie ist für dich, Tiger. Bitte! Sie ist wirklich ganz frisch.«

»Wer Mäuse fängt, kann auch Mäuse fressen. Du bist dran, ich habe meine schon gehabt.«

Das klang wieder ganz freundlich.

»Ich möchte sie aber dir schenken, sozusagen als Entschuldigung für mein schlechtes Benehmen vorhin.«

»Ach was! Das ist doch schon vergessen. Komm jetzt, verputz dein Leckerchen.«

Anne schluckte. Mäusefangen war ganz lustig, aber mit dieser Konsequenz hatte sie nun nicht gerechnet. Bei dem Gedanken, die Maus fressen zu müssen, hatte sie das Gefühl, sogar ihre rosafarbene Nase würde sich grün verfärben.

»Ich, äh … also ich glaube, ich mag die Maus lieber filetiert. Oder vielleicht gebraten?«, schlug sie vor. »Ich nehme sie dann mit.«

Tiger musterte sie mitleidig und meinte gelassen: »Roh sind

sie aber am besten, das warme Blut, die knackigen Knochen ...«

»Ulps«, antwortete Anne und verschwand im Gebüsch.

»Na, wenn du so etepetete bist, werde ich mich ihrer wohl doch annehmen müssen«, rief ihr Tiger hinterher und setzte hinzu: »Friss ein bisschen Gras, das reinigt den Magen.«

Nach einigen Minuten kam Anne zurück und konstatierte: »Die Haare schmecken aufwärts auch nicht besser als abwärts.« Erleichtert stellte sie fest, dass die Maus verschwunden war.

»Ich glaube, wir beide haben ein Ruhepäuschen verdient«, schlug der vollgefressene Tiger vor. »Ich habe nichts dagegen, wenn du dich hier zu mir in die Sonne legst, aber das Gras musst du dir selber richten.«

Anne trieb gerade etwas Gymnastik, streckte sich, machte einen Buckel und gähnte ausgiebig.

»Einverstanden.«

Sie beobachtete Tiger, wie er durch einige Linksdrehungen ein Nest in die Wiese trat. Da sie etwas eigen war, richtete sie ihren Schlafplatz durch Rechtsdrehungen. Behaglich schnurrend rollte sie sich dann zusammen und schloss müde die Augen.

Doch bevor sie einschlief, dachte sie noch ein Weilchen über ihre Erlebnisse nach. Sie konnte sich nicht erklären, wie sie in diese eigenartige Lage gekommen war. Irgendetwas Außergewöhnliches war geschehen, das ahnte sie dunkel, konnte sich aber nicht erinnern, was es war. Seltsamerweise fand sie das Katzendasein nicht beängstigend, und auch bei der Vorstellung, es könne dabei bleiben, überkam sie nur Neugier. Die Menschen, die sie kannten, würden sie vermissen. Es wäre sicherlich interessant zu beobachten, was in den nächsten Tagen in dieser Hinsicht geschah. Unerklärlicherweise aber war sie sicher, dass es nicht dazu kommen würde.

»Träume ich das alles vielleicht nur?«, fragte sie sich und zwinkerte noch einmal kurz mit den Augen. Nein, die Schnurrhaare gehörten eindeutig zu ihr, und als sie mit einer Kralle in die Pfote piekste, wurde sie auch nicht wacher davon. Weil sie in seltsam fatalistischer Stimmung war, fand sie sich einfach damit ab, denn selbst wenn sie eine Katze bleiben würde, würde sie Tiger als Begleiter haben. Sie vermutete auch, dass die anderen Katzen sich an sie gewöhnen und sie möglicherweise sogar akzeptieren würden. Das würde sicher interessant werden. Außerdem, überlegte sie schon fast übermütig gestimmt, könnte sie sich einen netten Menschen suchen, der für sie sorgte.

Bei dem Gedanken musste sie leise kichern und wurde mit einem Knurren zurechtgewiesen: »Ruhe!«, kam es aus dem Fellknäuel, das Tiger gebildet hatte.

Eigentlich war es sein völlig selbstverständliches Verhalten ihr gegenüber, das sie beruhigte und ihr die Gewissheit gab, ihr könne nichts Furchtbares passieren. Da er keinerlei Verwunderung über ihre Verwandlung an den Tag gelegt hatte und sich so intelligent wie umsichtig zeigte, beschloss sie mit ihrem letzten Gedanken vor dem Einschlafen, sich auch weiterhin vertrauensvoll seiner Führung anzuvertrauen. Dann sank sie in einen tiefen, traumlosen Schlaf. Bislang war der Tag auch so schon sehr ereignisreich gewesen.

Doch er sollte noch viel aufregender werden.

Kampf

Die Sonne stieg allmählich höher und ihre Strahlen wärmten wohlig das Fell von Tiger und Anne. Bienen summten in den Holunderblüten, eine Hummel brummelte schwankend an den Ohren der schlafenden Katzen vorbei, geschäftige Ameisen krabbelten vor ihren Pfoten umher. Es war ein friedlicher Morgen im Revier. Außer ein, zwei älteren Spaziergängern durchquerten keine Menschen das Gebiet, und auch die hielten sich an die vorgeschriebenen Wege und störten den Schlummer der Katzen nicht. Die Kirchenglocken schlugen pflichtbewusst jede halbe Stunde und aus den Küchenfenstern der nahen Häuser drang der erste Duft von Vorbereitungen zum Mittagessen. Von irgendwoher drang Musik, rhythmisch, aber nicht unangenehm. Außer dass ihnen ein paar Mal die Ohren zuckten, wenn eine allzu freche Fliege sich auf ihnen niederlassen wollte, regten die beiden Tiere sich nicht.

Doch nicht alles war friedlich.

Zwei schwarzweiß gefleckte Gestalten streiften unternehmungslustig durch die Wiesen. Tim und Tammy gehörten zu einer Gruppe Bauernhofkatzen, die auf der anderen Seite des Wäldchens lebten. Sie waren gewöhnlich nur zu den Futterzeiten in den Ställen anzutreffen. Ins Haus durften sie nicht und hatten auch nicht das Bedürfnis danach. Menschen waren ihnen völlig gleichgültig und die restlichen Lebewesen weitgehend auch.

Sie stammten aus dem Wurf einer Stallkatze und einem unbekannten, aber offensichtlich äußerst kräftigen Vater und waren zusammen aufgewachsen. Ihre schwarzweiße Zeichnung war nichts Ungewöhnliches in der Gegend, jedoch wollte die Laune der Natur, dass ausgerechnet Tim außer einer verwegenen schwarzen Zeichnung um Nase und Maul fast völlig weiß war. Schwarz waren nur die Schwanzspitze und das Kinn. Durch diese Gesichtszeichnung erhielt er das Aussehen, als trüge er einen Spitzbart, worauf er unbegründet stolz war – und natürlich überaus empfindlich, wenn dieser Stolz verletzt wurde. Einige Kameraden hatten früher versucht, ihn mit seinem Aussehen aufzuziehen. Daraufhin hatte er ihnen ordentlich die Leviten gelesen. Tim ging keiner Rauferei aus dem Weg.

Tammy war der dunklere von beiden, aber sein Temperament war mit dem seines Bruders vergleichbar. Zudem hatte er eine noch kräftigere Gestalt geerbt, die es ihm möglich machte, sogar einige Streitereien mit dem Hofhund für sich zu entscheiden.

Diesen Morgen hatten die beiden ihren Reviergang abgeschlossen und tauschten jetzt ihre Beobachtungen aus.

»Da is 'ne Neue im Revier. Spilleriger Typ«, meinte Tammy.

»Vielleicht, vielleicht auch nicht. Hat Tiger ganz schön angefahren.«

Tammy hatte keine hohe Meinung von Tiger, seitdem er ihn eines Nachts mal prächtig verprügelt hatte.

»Das will nichts heißen.«

»Die knickohrige kleine Nina ist auch wieder unterwegs. Rassekatze, Stubenhocker. Solln wir die mal aufmischen?«

»Könnte ganz lustig werden. Falten wir ihr die Ohren doch mal richtig zusammen.«

Mit diesen freundlichen Absichten zogen die beiden los, um Nina aufzustöbern. Lange mussten sie die Cremefarbene nicht suchen, sie hielt ihr Nickerchen an einem sonnigen Platz, den sie in der Nähe des Baches gefunden hatte. Nina verließ nicht besonders häufig ihr Heim, aber an diesem Morgen war sie nicht pünktlich genug zurückgekommen, weshalb ihr Mensch Christian schon ausgegangen war. Da der Tag jedoch warm und trocken zu bleiben versprach, machte es ihr wenig aus, im Freien zu bleiben.

Außerdem hatte sie einige Zeit mit Tiger verbringen wollen, nur war der mit diesem spitzohrigen Frechling unterwegs. Nina mochte es überhaupt nicht, wenn irgendetwas ihre Pläne durchkreuzte. Dann dachte und handelte sie ziemlich inkonsequent und ein bisschen gemein.

Sie schlummerte traumlos und nichtsahnend im Licht-und-Schatten-Muster der Weiden, als sie plötzlich unsanft geweckt wurde. Rechts und links von ihr standen Tim und Tammy.

»Na, Knickohr, ausgeschlafen?«

Nina blickte verärgert vom einen zum andern.

Tammy riet seinem Bruder über ihren Kopf hin: »Du musst lauter sprechen, bei den schlappen Ohren kann die dich doch gar nicht verstehen.«

Mittlerweile war Nina ausgesprochen entrüstet. »Sagt mal, was wollt ihr beiden eigentlich von mir?«

»Habe ich's dir nicht gesagt, Tim, die versteht dich nicht.«

»Hey, Nina, haste die Schlappohren von Vati oder von Mutti?«

Nina stand auf und wollte weggehen.

Tim trat ihr in den Weg. »Hast du nicht gehört, mein Bruder hat dich was gefragt?«

»Mit euch beiden rede ich nicht«, versetzte Nina arrogant.

Tammy stellte sich an ihre Seite und stupste das eine abgeknickte Ohr an. »Wenn die noch schlapper werden, kannste die Augen damit zudecken. Dann brauchste nur noch das Maul zu halten.«

»Ach Tammy, viel zu sagen ham Rassekatzen doch sowieso nich. Denen züchten sie das Hirn weg.«

Nina wurde langsam stinksauer und verlor etwas die Übersicht über die Lage. Sie drehte sich um und versuchte Tim mit einem kräftigen Tatzenschlag über die Nase zu schlagen. Der war aber schon zurückgewichen und begann aus Leibeskräften zu schreien: »Die hat angefangen, die hat mich gehauen! Tammy hilf mir!« Dabei grinste er ganz unverschämt die wütende Nina an. Sofort ging Tammy in Angriffstellung und kreischte los.

Die Schreie und das Fauchen drangen in den Schlaf von Tiger und Anne vor. Beide waren sofort hellwach und lauschten.

»Was ist da los?«, wollte Anne wissen.

»Kämpfchen, weißt du doch. Darin hast du dich vorhin auch schon versucht.«

»Meinst du, es könnte Jakob sein? Sollten wir ihm nicht helfen?«

»In der Regel mischt man sich nicht ein, und außerdem ist es nicht Jakob, es ist – o verdammt! – es ist Nina!«

»Dann sollten wir uns wohl doch einmischen, oder?«

»Nix wir! Du hältst dich da ganz raus, das ist nicht deine Fellweite.«

Tiger sprang auf und schnellte mit gewaltigen Sätzen in Richtung Kampfeslärm.

»Junge, du unterschätzt mich«, rief Anne und folgte ihm.

Die Sprünge waren eine Wonne, ihr Körper streckte sich

und zog sich zusammen in perfekter Koordination. Die Ballen berührten kaum den Boden, schon federten sie auch wieder ab. Die Muskeln von Schultern und Rücken spielten unter ihrem Fell und der Wind pfiff leicht in den Schnurrhaaren. Zwei Sprünge noch, und sie hatte gleichzeitig mit Tiger den Ort des Geschehens erreicht.

Kurz erlaubte Anne sich eine Einschätzung der Lage. Zwei kräftige Kater standen in bedrohlicher Haltung rechts und links von der wütend funkelnden Nina und versperrten ihr den Weg mit Tatzenhieben. Die beiden hatten sie noch nicht entdeckt und diesmal nutzte sie ihren Vorteil ganz kühl aus.

Mit einem tierischen Schrei katapultierte sie sich auf den näher zu ihr stehenden schwarzbärtigen Tim. Noch in der Bewegung freute sie sich über die Kraft und die Lautstärke ihrer Stimme. Die war auch für die anderen Beteiligten eine Überraschung, und so konnte sie sich zwischen Nina und ihren vorderen Angreifer drängen. Sie drehte der Kätzin und Tammy den Rücken zu, in der Hoffnung, dass sie und Tiger schon mit dem Widersacher zurechtkämen. Dann richtete sie sich auf und hob die krallenbewährten Pfoten in perfekter Angriffsstellung.

Tim war ein schneller, kampferprobter Gegner, den das mörderische Geschrei nur für einen kurzen Moment abgelenkt hatte. Er wandte seine Aufmerksamkeit von der eher harmlosen Nina sofort ab und widmete sich Anne. Mit angelegten Ohren und verengten Augen erhob er sich.

Beide fixierten sich, bewegungslos.

Blitzschnell schoss plötzlich seine linke Pfote vor und zog Anne die Krallen über die Nase. Nur ein geschicktes Ausweichen rettete ihr das Augenlicht. Sie spürte zwar einen Schmerz, der sie aber nicht störte.

Beide Gegner waren wieder in ihre Ausgangspositionen zurückgegangen und knurrten sich an.

»Ablenken«, dachte Anne und fauchte.

Tim fauchte zurück, und wieder schossen die Krallen vor, trafen aber diesmal nicht. Anne war zur Seite gesprungen und zog ihm jetzt, in dem winzigen Augenblick, den er nach dem unwirksamen Schlag aus dem Gleichgewicht geraten war, kräftig die Tatze über das linke Ohr.

Das Kampfgetümmel im Hintergrund registrierte Anne nur nebenbei und ging wieder in Angriffshaltung.

Tim war es nicht gewöhnt, Hiebe von Schwächeren einzustecken. Es traf seinen empfindlichen Stolz. Er wurde zum Berserker.

Kreischend und fauchend stürzte er vor, Mord im Blick. Er versuchte, dieses magere, graue Ding zu einem blutigen Fellbündel zu zerfleischen. Warum trafen seine Hiebe nur immer ins Leere?

Anne bewegte sich rückwärts, immer ausweichend, doch mit einem festen Ziel im Sinn. Es war gefährlich, denn der Angreifer meinte es ernst. Das war kein Trainingsgeplänkel. Wozu aber hatte man denn einen schwarzen Gürtel, wenn nicht wenigstens etwas Nützliches hängen geblieben wäre? Einen zweiten Kratzer musste sie noch einstecken, dann war es so weit.

Sie stand auf dem schmalen Damm an der Stelle, wo die Kinder den Stausee gebaut hatten. Als der nächste Angriff kam, empfing sie Tim mit einem weiteren, markerschütternden Schrei, sprang in hohem Bogen über ihn auf das Ufer, war auf seiner rechten Seite und schlug ihm diesmal über das rechte Ohr. Dann drehte sie sich um und trat ihn mit beiden Hinterpfoten kräftig in die Flanke. Das war zwar einer Katze nicht würdig, verfehlte aber seine Wirkung nicht. Tim verlor das Gleichgewicht, wollte sich noch festkrallen, doch der sandige Boden bot keinen Widerstand, und so flog er aufjaulend in den See. Es war nicht besonders tief, aber kalt, und da er derartig überrascht war, schluckte er eine ordentliche Portion Wasser.

Tiger und Nina hatten in diesem Augenblick auch Tammy deutlich gemacht, dass ein Fortsetzen des Kampfes nicht sinnvoll wäre. Er zog sich daher, zwar unverwundet, aber geknickt an Stolz und Würde, in die Büsche zurück.

Also standen Tiger, Anne und Nina am Ufer und beobachteten, wie der triefende, an beiden Ohren blutende Tim aus dem Wasser stieg.

»Ich denke, das Thema ›Schlappohren‹ ist damit erledigt«, bemerkte Nina laut und deutlich.

Nichts ließ darauf schließen, dass Tim diesen Hinweis gehört hatte.

Als der angeschlagene Kater außer Sichtweite war, drehte sich Nina zu Anne herum.

»Danke, Anne. Und entschuldige bitte mein hässliches Benehmen von heute früh.«

»Macht nichts, gern geschehen.«

Tiger ging auf Anne zu und stupste sie leicht mit seiner Nase. »Gut gemacht. Das war zwar kein reiner Katzenstil, dieser letzte Tritt, aber man wird sich den Trick merken müssen. Jetzt wollen wir deine Kratzer behandeln. Kommt, wir gehen zum Holunderbusch zurück, da ist es etwas kühler.«

Gemeinsam schlenderten sie gemächlich zurück und suchten sich einen Platz im Schatten des Buschs. Nina setzte sich neben Anne und begann sanft, aber bestimmt den Kratzer an ihrer Pfote zu lecken. Tiger legte sich vor sie und schlappte ihr schon fast zärtlich das Blut von der zerschrammten Nase.

Anne schloss die Augen und genoss die Fürsorge. Nach all den Aufregungen, Umstellungen und Demütigungen fühlte sie sich jetzt plötzlich ganz glücklich. So schlief sie dann auch ein.

Freundschaft

Als die Wunden versorgt waren, hörten Nina und Tiger mit dem Putzen auf und legten sich ein gutes Stück abseits von Anne zusammen.

»Ist sie diejenige, von der ich glaube, dass sie es ist, Tiger?«

»Kannst du dir das nicht denken?«

Nina sah ihn an, dann wurde ihr Blick versonnen. Nach einer Weile sagte sie: »Ja, vor langer, langer Zeit hatte ich auch einmal solch eine Aufgabe. Er war ein feiner Mann, ein großer Gelehrter. Anschließend hatte er ein wundervolles grauweißes Fell, und du wirst es nicht glauben – Faltohren! Meine waren damals aber ganz spitz«, schloss sie stolz. »Schläft sie eigentlich?«, erkundigte sie sich dann mit einem Blick auf das grauschwarz getigerte Pelzknäuel.

»Tief und fest. Es war auch heute schon recht anstrengend für uns alle«, antwortete Tiger und wollte sich ebenfalls zum Dösen zurechtlegen.

»Du hast genug gepennt! Komm, erzähl mir lieber etwas

von euch! Du bist bisher immer sehr sparsam mit den Äußerungen über dich gewesen.«

»Was gibt es da schon viel zu erzählen?«, erwiderte er.

»Na, ich weiß zum Beispiel nicht, wie du eigentlich zu Anne gekommen bist und wo du vorher warst. Ich war schon von Anfang an bei Christian.«

»Na gut, aber unterbrich mich nicht ständig und tratsch es anschließend nicht herum.«

Und so erzählte Tiger von seinem Werdegang in den letzten acht Jahren. Kurz nachdem seine Mutter ihn für selbständig erklärt hatte, suchte er sich aus den Interessenten für den Wurf junger Katzen ein älteres Ehepaar aus, die auch seinen Ansprüchen mehr oder weniger genügten. »Spielen und rumtoben fanden die nicht so gut, aber das Futter war in Ordnung, und die Ansprache war einigermaßen intelligent. Die Frau mochte gerne Bücher, und manchmal hat sie mir laut vorgelesen, das war ganz nett. Ich mag Shakespeare«, schloss er sinnend. Dann setzte er fort, der alte Herr sei ein leidenschaftlicher Angler und sogar manchmal erfolgreich gewesen. »Mit unsereins konnte er sich zwar nicht messen, aber das Ergebnis war immer schmackhaft. Seitdem mag ich keinen Fisch aus Dosen mehr.«

»Warum bist du denn da weggegangen?«, wollte Nina trotz seiner Mahnung wissen und fing sich einen tadelnden Blick ein.

Dennoch antwortete ihr Tiger.

Eines Tages sei die Tochter der beiden in das Haus eingezogen. Ein griesgrämiges, verbittertes Geschöpf um die vierzig, das von ihrem Mann verlassen worden war und jetzt nichts anderes zu tun hatte, als ihren Eltern wieder zur Last zu fallen. »Sie hatte nichts gegen mich, im Gegenteil, sie betrachtete mich als Menschen-Welpen. Ständig flötete sie mit erhobener Stimme: ›Heidedei, mein süßes Katerchen, willst du wohl ein Tellerchen leer schlabbern?‹ Das mir, einem ausgewachsenen Kater mit ausgewähltem literarischem und kulinarischem Geschmack! Ein halbes Jahr habe ich das ausgehalten, dann sind die Alten für die Herbst- und Wintermonate in Urlaub gefahren, und ich musste mit der Quaktante alleine bleiben. Das gab mir fast den Rest. Die ging mir dermaßen auf den Pelz mit ihrem kindischen Geträller! Nur gut, dass sie mich nicht einsperren konnte. Die Katzentür war immer offen. Na, und so habe ich dann mein Revier erweitert und mich ein wenig nach einem neuen Menschen umgesehen.«

Er verstummte, und Nina versuchte ihn mit einer neuen Zwischenfrage zum Weiterreden zu animieren.

»Wie bist du auf Anne gekommen?«

Sie erntete zwar noch einen strafenden Blick, aber Tiger fuhr fort: »Das Haus lag ganz günstig. Die Alten wohnen auf der anderen Seite des Waldes, also kannte ich das Revier schon einigermaßen. Na ja, da habe ich Anne einige Tage beobachtet. Anfangs lebte da noch ein Mann bei ihr, aber die beiden stritten sich oft. Meine Bastet, war der Typ ein Weichei! Ich fand das ganz gut, dass sie ihn rausgeworfen hat.« Dann erklärte er Nina, dass manche Menschen, die von einem anderen verlassen wurden, häufig sehr dankbar für ein bisschen kätzische Zuneigung waren.

»Als ob ich das nicht wüsste!«

»Wenn du mich noch mal unterbrichst, erzähle ich dir gar nichts mehr.«

»Entschuldigung.«

»Na ja, Anne schien mir jedenfalls nicht so klebrig anhänglich zu sein wie diese Quaktante. Der hätte sich lieber ein getrimmter Pudel anschließen sollen.«

»Bah, was für ein vernichtendes Urteil!«

»Wenn sie nicht gewesen wäre, wäre ich auch nicht fortgegangen. Nina, du weißt doch, auch unsereins fällt es schwer, die Menschen zu verlassen, die wir uns mal ausgesucht haben.«

»War Anne schon zuvor im Besitz einer Katze?«

»O nein. Das war das Reizvolle für mich. Überhaupt noch nicht verdorben und schnell von Begriff. Ich habe nur ein paar Mal zu drastischen Maßnahmen greifen müssen, dann war klar, wer Herr im Haus ist. Sie ist auch jetzt recht fix, aber ich zeige ihr das natürlich nicht.«

»Klar, Macho, ich habe dich auch noch nicht mit einer Maus zu ihr sausen sehen.«

»Ich habe dir gesagt, du sollst nicht dazwischenreden.«

»Okay, okay, ich zeige meine Gefühle meinem Menschen auch nicht allzu oft.«

Tiger schnaubte verächtlich. »Nein, Nina, du doch nicht. Nie wirfst du dich vor ihm auf den Boden, Bauch nach oben und schnurrst wie blödsinnig, nur damit er dir das Fell krault. Und das in aller Öffentlichkeit.«

»Na und? Ich bin eben sehr liebebedürftig und Christian mag mich trotz meiner Ohren. Das konnte man von seiner Verflossenen nicht gerade behaupten. Die hat nicht gewollt, dass ich mich seiner annehme. Aber darüber spreche ich auch nicht gerne. Immer diese Demütigung, diese kleinen Spitzen! Und nur wegen meiner Ohren!« Die cremefarbene Kätzin richtete sich auf, Empörung im Blick. »Weißt du, was das Gemeinste war? Sie hat mir einmal eine Stunde lang Dudelsackmusik vorgespielt – in voller Lautstärke. Dieser Mistkäfer mit den rot lackierten Krallen! Bei meinem zarten, empfindlichen Gehör. Himmel noch mal, diese Musik war doch die Ursache, warum uns Scottish Fold schon vor Jahrhunderten die Ohren umgeknickt sind.«

»Wie fies!« Tiger grinste. »Und du hast nichts dagegen gemacht?«

»Ich bin eine gut erzogene, sanfte Person vornehmer Herkunft, anders als diese Schlampe. Aber dagegen habe ich natürlich etwas unternommen.« Nina sah so träumerisch drein, als sonne sie sich noch einmal in dem süßen Gefühl der Rache. »Egal, jetzt ist sie weg, abgezischt mit einem Diamantenhändler. Christian ist hierher gezogen, und alles ist in Ordnung, nicht wahr? So, und jetzt muss ich mich putzen und dann doch noch etwas ruhen. Der Abend wird bestimmt noch interessant.«

Vier andere Freunde

Im Großen und Ganzen war das Dorf bislang von den Problemen der nahen Großstadt verschont geblieben. Die Polizei musste sich um gelegentliche Ruhestörungen oder abgestellte Autowracks kümmern und der sensationellste Fall war vor einigen Jahren der Einbruchversuch in das Haus eines Bankdirektors gewesen. Erst in letzter Zeit hatte sich eine Gruppe Jugendlicher zusammengefunden, deren Streiche und Unternehmungen verstärkt von der Szene in der Stadt angeregt wurden. Sie hatten schon einige Delikte begangen, die über das Auskippen von Mülltonnen und das Austreten von

Laternen hinausgingen. Bisher unentdeckt hatten sie drei Autos aufgebrochen und zu Spritztouren mit abschließendem Crash missbraucht, waren in ein Gartenhaus eingebrochen, während die Besitzer im Urlaub waren, und hatten, weil sie nichts Brauchbares fanden, wie die Vandalen darin gewütet.

Alf und Erni waren Brüder. Ihre Freunde, Stone und Dick genannt, waren gleichaltrig und folgten mit Begeisterung den Ideen der beiden anderen. In früheren Zeiten hätten sie ihre zerstörerischen Energien bei der Feldarbeit austoben können, so aber waren sie unausgelastet und uninteressiert an ihren Jobs. Alf arbeitete ohne Ehrgeiz als Lagerist in einer kleinen Baumaschinenfirma, Erni war arbeitslos und half gelegentlich an der Tankstelle im Ort aus. Hier fanden die Brüder auch immer wieder Gelegenheit, ihren altersschwachen Kleinwagen zu neuen Höchstleistungen aufzurüsten. Dick und Stone waren in unterschiedlichen Bereichen der Fertigung einer der großen Zulieferfirmen der Autoindustrie tätig, die sich im Industriegebiet der Stadt angesiedelt hatte. Dabei war Stone der einzige, der noch ein wenig mehr von seinem Beruf erwartete und zumindest mit dem Gedanken spielte, sich über seinen Lehrabschluss hinaus zu qualifizieren. Dick jedoch war solchen Ideen völlig abgeneigt, obwohl er sich durchaus vorstellen konnte, sich einmal selbst in führender Position wiederzufinden. Seiner Meinung nach musste das schon deswegen möglich sein, weil es auch einige seiner türkischen Kollegen geschafft hatten.

Diese vier Achtzehn- bis Zwanzigjährigen fanden wenig Unterstützung und schon gar keine Zuwendung von ihren Eltern, und von ihren gelegentlichen Freundinnen ließen sie sich erst recht nicht beeinflussen. Man fand sie abends recht häufig mit einer Kiste Bier an der Bushaltestelle sitzen und Passanten anpöbeln. Gelegentlich fuhren sie mit Alfs rotem Auto Rallyes durch die schmalen Straßen der Nachbardörfer. Beliebt waren sie bei keinem der Dorfbewohner, aber es gab auch niemanden, der sich bemüßigt gefühlt hätte, ihrem Treiben Einhalt zu gebieten.

An diesem Spätnachmittag hatten sie sich ebenfalls wieder getroffen und zogen lärmend zu der Brücke über das Bächlein, nicht ohne den stinkenden Mülleimer umgedreht und den Inhalt über den Weg verteilt zu haben.

Bedrohter Schwanz

Dick wirbelte gelangweilt mit dem langen, pelzigen Schwanz, der an seinem Schlüsselbund befestigt war, und rülpste ausgiebig.

»Gott, was für ein ödes Kaff! Absolut nichts los hier. Was habt ihr vor?«

Seine drei Kumpels antworteten mit Schulterzucken.

»Ich hab 'ne neue DVD. Können wir uns bei dir reinziehen.«

»Geht nicht, das dämliche Gerät spinnt.«

»Und bei dir, Alf?«

»Mein Alter ist heute zu Hause. Der hat schon mittags rumgezofft.«

Sie diskutierten verschiedene Formen der Belustigung, doch keine fand besonderen Anklang. Erst als Dick der Schlüssel mit seinem Anhänger aus der Hand flog, kam Stone der erlösende Einfall.

»Mann, son Ding hätt ich auch gerne.«
»Tja – dann besorg dir doch eins.«
»Brauch ich Hilfe. Weißt doch, wie es das letzte Mal war.«
»Hey, aber Spaß hat es gemacht. Los, suchen wir uns eine Katze!«

Anne lag in ihrer Grasmulde und schlief zusammengerollt, die Nase auf den Schwanz gebettet. Dummerweise hatte Tiger sie nicht darauf aufmerksam gemacht, dass eine Katze in der freien Natur sich immer unsichtbar machen musste und auch nie wirklich in einen tiefen Schlummer versinken durfte. Dösen war gestattet, denn dabei waren wenigstens einige Sinne noch soweit aktiv, dass sie eine herannahende Gefahr wahrnehmen konnten.

So aber lag Anne schutzlos und ganz und gar in Traumwelten versunken.

Daher war ihr Erwachen mit maßlosem Entsetzen verbunden.

Eine muffige Decke lag über ihr, und im ersten Moment wusste sie überhaupt nicht, wo sie war. Was war mit ihrer Bettdecke passiert? Wieso roch die nach Motoröl? Und warum war das Laken unter ihr verschwunden?

Und dann verlor sie den Kontakt zum Boden.

Ein Schrei löste sich aus ihrer Kehle, und plötzlich war die Erinnerung wieder da – sie befand sich in einem Katzenkörper.

Und der wurde soeben gewaltsam entführt!

Sie zappelte mit allen Gliedmaßen, aber jemand hielt sie in einem brutalen Griff fest.

»Bring sie hinter die Büsche, Stone. Sonst wird noch irgendson Depp aufmerksam«, hörte sie eine junge Männerstimme sagen. Ein hämisches Lachen folgte.

»Mann, war doch ganz easy, die einzupacken.«

»Wart's ab, was passiert, wenn du ihr an den Schwanz gehst.«

»Dann musst du sie eben festhalten.«

Anne würgte vor panischer Angst. Himmel, was hatten die mit ihr vor? Sie versuchte, den Kopf aus der stickigen Decke zu bekommen, um zu sehen, wer ihre Entführer waren, aber es gelang ihr nicht. Immerhin aber bekam sie eine Pfote frei und in blinder Wut krallte sie zu.

Jemand schrie. Laut.

Anne wurde fallen gelassen und schlug mit dem Kopf zuerst auf dem Boden auf. Wenigstens dämpfte die Decke den Aufprall, aber sie brauchte kostbare Zeit, um sich aufzurappeln. Wieder drückte man sie nieder. Und eine Hand tastete sich durch die Decke.

»Verdammt, wo ist hier vorn und hinten?«

»Da, wo es beißt, ist vorne«, höhnte es.

Finger näherten sich ihrem Kopf.

Annes Furcht wuchs und dehnte sich zur Todesangst aus.

Zu kätzischer Todesangst.

Eine Katze will überleben, koste es, was es wolle.

Plötzlich zuckte ein Energiestoß durch sie hindurch und mit aller Kraft wand sie sich unter dem Haltegriff. Sie erwischte einen Finger und schlug die Zähne hinein.

Blut füllte ihre Kehle, ein weiterer Schrei ihre Ohren.

»Scheiße, die hat mich gebissen!«

»Die gibt keine Ruhe, verdammt, ich kann die nicht mehr halten!«

»Nimm das Messer und stich zu! Irgendwas wirste schon treffen.«

»Nein!«, kreischte es in Anne.

Und dann kreischte es auch außerhalb von ihr.

Nie hatte sie Tigers Stimme mehr geliebt.

Der Druck der Hände über der Decke verschwand und ein weiteres Schmerzensgebrüll ertönte. Sie kam mit dem Kopf aus dem Stoff hervor und sah gerade noch, wie der Kater auf den Hinterbeinen stehend den Oberschenkel eines der Jungen mit den Vorderpfoten umklammert hielt und sich in das bloße Fleisch unter der kurzen Hose verbiss. Ein Klappmesser lag auf dem Boden. Bei dem Anblick erschauderte Anne kurz, dann griff auch sie an. Alles, was sie an Krallen hatte, zog sie über die Wade, die ihr am nächsten war. Stoff riss, Blut quoll unter ihren Tatzen hervor, Flüche und Schmerzensgeheul erklangen. Aus dem Augenwinkel sah sie, wie Tigers Gegner auf den sich an ihn klammernden Kater einschlug. Auch ihr Opfer versuchte sie abzuschütteln. Es gelang ihm, und Anne flog in die Büsche. Im selben Moment war Tiger neben ihr.

»Weg!«

Sie schossen durch das Gestrüpp und blieben schließlich schwer atmend vor einer undurchdringlichen Dornenhecke stehen.

»Die ... die wollten meinen Schwanz abschneiden«, keuchte Anne.

»Große Bastet!« Tiger sah sie fassungslos an. »Ich war ein Idiot«, grummelte er einen Moment später. »Noch alles dran?«

Etwas ruhiger geworden, machte Anne Bestandsaufnahme und stellte schließlich fest, dass sie das Abenteuer unbeschädigt überstanden hatte. Zwar taten ihr die Rippen noch weh, und der Geschmack in ihrem Mund war nicht vom Feinsten, aber das würde wohl bald vergehen.

»Danke, Tiger«, sagte sie. »Danke für die Hilfe. Ich bin ziemlich dumm gewesen.«

»Konntest du ja nicht wissen. Draußen schläft man nicht. Kannst dich bei Nina bedanken, die hat die Jungs zuerst bemerkt.«

»Das will ich gerne machen. Wo ist sie?«

Tiger setzte sich auf und lauschte. Seine empfindlichen Ohren drehten sich in alle Richtungen.

»Die Luft ist rein, komm mit.«

Sie fanden die Kätzin tief im Gebüsch, wohin sie sich vor den Menschen versteckt hatte. Als Anne ihren Dank aussprach, wirkte Nina etwas kleinlaut.

»Du hältst mich jetzt bestimmt für feige.«

»Aber nein, warum? Ich glaube, wenn ich den Jungs noch einmal begegne, werde ich mich in die tiefste Höhle verkriechen.«

Nina ließ den Kopf hängen. »Sie ... sie haben mal versucht, mir etwas Brennendes an den Schwanz zu binden. Aber da waren sie nur zu zweit und ich konnte fliehen.«

»Das hast du mir gar nicht erzählt«, murrte Tiger und streckte sich dann. »Aber egal, jetzt ist es vorbei. Wir behalten die Jungs im Auge und gehen ihnen möglichst weit aus dem Weg. Und jetzt beenden wir endlich unsere Runde. Ich will Jakob nicht noch einmal in die Quere kommen.«

Besuch bei Anne

Tiger schritt voran, Nina und Anne folgten ihm gehorsam. Hinter der Brombeerhecke blieb er stehen und bemerkte beiläufig: »Ich weiß ja nicht, wie es euch geht, aber ich habe einen kleinen Appetit.«

Annes Lebensgeister hatten sich wieder eingefunden und in der richtigen Reihenfolge aufgestellt. Sogar ihr Sinn für Humor war zurückgekehrt.

»O weh, Nina, dann kann er gleich wieder nicht mehr denken. Ich glaube, wir sollten uns schnellstmöglich auf den Weg zu ihm nach Hause machen, bevor er auch noch die Orientierung verliert.«

Nina grinste, und Tiger fuhr Anne erbost an: »Du musst nicht glauben, du hättest jetzt einen Freibrief für respektlose Bemerkungen erhalten. Ich habe dir schon einmal versichert, dass mein Denkvermögen durch nichts getrübt wird.«

»Ist ja in Ordnung, keinen Streit. Ich mache dir auch wieder ein Döschen auf.«

Gemeinsam wandten sie sich dem Haus zu. Bevor sie die Straße überquerten, blieb Tiger noch einmal sinnend stehen, als versuche er sich an irgendetwas zu erinnern, schüttelte dann aber den Kopf und lief weiter. Er kroch unter dem Zaun und der Hecke hindurch und verschwand dann mit einem kühnen Sprung durch die Gardine in der Wohnung. Anne folgte langsamer, und Nina kam hinter ihr her. Vor der Terrassentür blieb sie stehen und schaute Anne fragend an: »Darf ich wirklich mit reinkommen? Ich meine, es ist doch euer Revier.«

»Na komm schon, du bist herzlich eingeladen. Das Futter wird auch für drei reichen.«

Tiger war schon in der Küche und maunzte laut. Der Einkaufskorb stand noch immer auf dem Küchentisch und Anne musste heimlich lächeln. Er hätte ihn schon lange plündern können, wenn ihn nicht dieses ausdrückliche Verbot, nicht auf Tische zu springen, gehindert hätte. Sie hingegen kannte solche Skrupel nicht, hüpfte auf die Arbeitsplatte und fischte die beiden letzten Schleckerkatz-Döschen aus dem Korb. Mit einem Pfotenschnick warf sie sie zu den beifällig emporblickenden Katzen auf den Boden hinunter. Kaum waren sie gelandet, zeigte Tiger Nina stolz, wie sie zu öffnen waren. Dann begannen die beiden ihre Portion zu verspeisen. An Anne dachten sie dabei selbstverständlich nicht.

Sie war aber inzwischen auch nicht untätig gewesen, indem sie versuchte, die Pappe einer Sahnepackung aufzubeißen. Nach einigen Minuten war ihr das auch gelungen, und mit ein paar geschickten Pfotenstupsern hatte sie die Packung an den Rand des Waschbeckens befördert, von wo die Sahne in eine abgespülte Suppenschale tropfte. Das Problem bestand jetzt nur noch darin, ebenfalls in das Spülbecken zu gelangen, um die Milch aus dem tiefen Teller zu lecken. Sprungtechnik war nicht geraten, also ließ sie sich vorsichtig über den Rand gleiten und hockte sich ungeschickt in das enge Becken. Immerhin hatte sie jetzt den fast vollen Teller Sahne vor sich und der Genuss ließ sie die unelegante Haltung vergessen.

Tiger und Nina waren inzwischen mit ihrer Mahlzeit fertig und blickten sich suchend nach Anne um. Nina entdeckte ihren lustvoll vibrierenden Schwanz zuerst.

»Sie ist im Spülbecken, Tiger.«

»Das darf doch nicht wahr sein! Anne, hast du das noch immer nicht kapiert? Katzen duschen nicht.«

Als Antwort kamen nur leise Schlabberlaute.

»Du, Tiger, das riecht nach Sahne. Ich mag doch sooo gerne Sahne«, gurrte Nina sehnsüchtig.

»Dann komm hoch, es ist genug für alle da«, ließ Anne verlauten, dann verschwand der Schwanz, und ihr Kopf erschien über dem Beckenrand, das Mäulchen geziert mit einem veritablen Milchbart. Nina ließ sich das nicht zweimal sagen und sprang hoch. Kritisch musterte sie das enge Becken und sagte dann: »Zu zweit wird das ein wenig eng. Meinst du, du könntest mich da auch mal reinlassen?«

Großzügig räumte Anne das Feld.

»Lass Tiger auch noch etwas übrig! Ich schaue inzwischen in der Speisekammer nach, ob ich noch etwas für dich finde.«

Die Tür zum Vorratsraum war inzwischen durch den Luftzug wieder zugefallen, und so musste Anne den Trick mit dem Türenöffnen noch einmal ausführen. Dann war sie in der kleinen Kammer und machte sich über eine der beiden kalten Frikadellen her, die sie sich vorgemerkt hatte. Das war die ultimative Alternative zur Maus, fand sie. Als ihr Hunger gestillt war, schlüpfte sie wieder in die Küche, um sich den beiden Freunden anzuschließen. Hier bot sich ein erstaunliches Bild. Inzwischen hatte es auch Tiger geschafft, die Grenzen der eingeprägten Verhaltensmuster zu überwinden und saß im Becken, um Milch zu schlabbern. Doch Nina hatte den Teller leer gemacht, und die Sahne in der Packung hatte nicht mehr genug Neigung, um nach unten zu laufen. Also schaute Tiger mit säuerlicher Miene über den Beckenrand und beschimpfte Nina.

»Rücksichtsloser, hirnloser, egoistischer, grenzdebiler Fußabstreifer! Man sollte dich ausstopfen und vor den Kamin legen. Da wärst du mehr wert als jetzt. Ganz allein die Milch wegputzen, kein Benehmen, keine Erziehung. Als wärst du ganz alleine auf der Welt. Rücksichtnahme ist dir ein Fremdwort, Teilen eine unbekannte Tugend, du Lausepelz.«

Nina drehte ihm nach dieser charmanten Tirade beleidigt den Rücken zu.

Anne lauschte fasziniert, wie Tiger den Charakter seiner Freundin in Fetzen riss und nickte weise. Das Denkvermögen einer gierigen Katze ließ wirklich sehr zu wünschen übrig, aber wohlweislich unterließ sie eine darauf abzielende Bemerkung und versuchte, schlichtend einzugreifen.

»Was regst du dich denn so auf, Tiger? Pass auf, du sollst deine Sahne bekommen.«

Sie sprang wieder auf die Arbeitsplatte und drückte mit einer Pfote auf die Packung, doch wieder einmal hatte sie ihre Kraft unterschätzt. Der erste Sahnestrahl schoss aus der Öffnung und übergoss Tiger von oben bis unten mit der weißen Flüssigkeit. Verblüfft hielt er in seiner zornigen Rede inne und sagte: »Bingo!«

Nina drehte sich um, starrte den triefenden Tiger wortlos einen Moment an. Dann wäre sie fast vom Tisch gefallen, so sehr schüttelte sie ein aufkommendes Lachen. Anne, die befürchtete, sie würde deshalb das Opfer einer wüsten Beschimpfung, setzte zu einer Entschuldigung an. Doch dann bemerkte sie erstaunt, dass auch Tiger angefangen hatte zu kichern.

»So viel zum Duschen! Na gut, ein Sahnebad gibt ein glattes Fell. Ihr beide dürft das pflegen, während ich diesen Teller leer mache.«

»Klar, Pascha, so einen leckeren Kater vernaschen wir allemal gerne. Auf geht's, Anne, putzen wir den kleinen Milchbart!«

In der Zeit, in der Tiger mit dem wieder gefüllten Teller beschäftigt war, säuberten Nina und Anne alle erreichbaren Stellen von ihm. Anschließend musste er sich nur noch Gesicht und Pfoten selber ablecken.

Gesättigt und voller Tatendurst verließen sie anschließend das Haus wieder und Anne lernte einen neuen Schleichweg zwischen den Grundstücken kennen. Dieser Weg führte sie durch die blühenden Gärten der Nachbarschaft zu dem Haus der ghanaischen Familie.

Besuch bei den Mazindes

George Mazinde arbeitete bereits seit zehn Jahren als Ingenieur in Deutschland. Er war zufrieden mit seiner Arbeit, hatte sich erfolgreich zum Abteilungsleiter hochgearbeitet und wurde von den Kollegen und Bekannten geschätzt. Seine Frau Elly hatte in der ersten Zeit einige Eingewöhnungsprobleme und tat sich noch immer ausgesprochen schwer mit der deutschen Sprache. Ihre Kinder hatten diese Schwierigkeiten nicht und hatten zu der Gemeinschaft der Dorfkinder schnell Zugang gefunden, da sie fröhliche und gutmütige Kameraden waren. In der Schule wurden sie eher neugierig als ablehnend empfangen und hatten bald den Anschluss an ihre Klassen gefunden. Jenny, die Jüngste, ging noch nicht zur Schule. Sie war erst fünf Jahre alt. Benny war zwei Jahre älter und der Wirbelwind der Familie, die beiden älteren, Joanna und Eddy, waren zehn und zwölf Jahre alt.

An diesem frühen Abend war die ganze Familie im Garten versammelt und ging unterschiedlichen Beschäftigungen nach. Eddy baute zusammen mit seinem Vater einen größeren Stall für das Kaninchen Fred und Joanna half ihrer Mutter beim Umtopfen einiger Zimmerpflanzen. Die beiden Kleinen tobten unter Gelächter und Gequietsche auf der Schaukel herum, die aus einem alten Autoreifen und ein paar Metern Seil hergestellt war und an einem starken Ast der alten Buche hin und her schwang.

Zu dieser Gruppe führte Nina ihre beiden Begleiter. Tiger, misstrauisch wie es seine Art war, fragte sie, ob das denn wirklich notwendig sei, sich unter so viele Menschen zu mischen.

»Du weißt doch, wie ich zu Kindern stehe; die kurbeln einen am Schwanz, schleppen einen ständig durch die Gegend, und andauernd muss man aufpassen, dass sie einen nicht in die Regentonne werfen.«

»Du hast schlechte Erfahrungen mit ihnen gemacht?«, vermutete Anne. Es kam jedoch zu keiner Antwort, weil Jenny sie entdeckt hatte.

»Oh, Katze, Mieze, miau, miau, miau«, versuchte das Mädchen sich ihnen verständlich zu machen.

Mutig und mit aufgerichtetem Schwanz ging Nina auf sie zu und wurde sofort von den dunklen Ärmchen umfangen. Jenny hob sie unter Aufbietung aller Kräfte hoch und schleppte sie wie einen nassen Lappen zu ihrer Mutter. Elly war eine sehr tierliebe Frau und mahnte ihre Jüngste, die Katze doch wieder auf den Boden zu stellen. Nina war den Mazindes schon öfter begegnet und wusste, dass sie ihnen trauen konnte. Sie strich einmal maunzend um Ellys bloße Beine, um sich ein Streicheln abzuholen.

»Nein, nein, Katze, ich schmutzige Hände, sieh«, entschuldigte Elly sich und zeigte ihr die mit Erde verschmierten Finger. »Du sonst baden, ja?«

Nina war dem Argument zugänglich und schaute sich interessiert die herumliegenden Blumentöpfe und Pflanzen an. Versuchsweise knabberte sie an einem Büschel Petersilie und an einem Blättchen Pfefferminze. Beides kam ihrem verwöhnten Geschmack jedoch nicht entgegen.

Inzwischen hatte Benny die beiden anderen Katzen entdeckt und kam auf sie zu. Blitzschnell war Tiger verschwunden und Anne stand alleine auf der Wiese.

»Ich habe auch eine«, triumphierte der Junge, und ehe sie sich's versah, wurde Anne hochgehoben und zur Schaukel geschleppt.

»Mieze möchte auch schaukeln«, schlug Benny ihr mit fröhlichem Lachen vor und schwang sich, sie in einem Arm haltend, wie ein kleines Äffchen auf den Autoreifen und begann, wild hin und her zu schwingen.

Anne schloss die Augen, jedoch nicht vor Genuss.

»Oh, lass es vorbei sein, lass es nur bald vorbei sein! Oh, oh, oh«, flehte sie, was als leises Jammermaunzen aus ihrer Kehle kam.

Benny wollte ihr nicht mit Absicht wehtun, doch er hielt sie ziemlich fest, damit sie beim Schwungholen nicht aus seinem Arm rutschte, und drückte ihr dabei den Brustkorb zusammen. Anne litt stumm, und erst Elly rettete sie. Sie verwies Benny scharf. Er gehorchte, bremste seinen Schwung und hopste von der Schaukel. Seine Mutter nahm ihm die halb bewusstlose Anne ab und trug sie zu einem der Gartenstühle. Dort setzte sie sich nieder, hob Anne auf ihren Schoß und streichelte sie trotz ihrer schmutzigen Hände. Die sanfte Berührung beruhigte die schwer atmende Anne. Sie schlug die Augen auf und ein undamenhaftes Aufstoßen entschlüpfte ihrem Mäulchen. Sie fühlte, wie Sahne und Frikadellen nach oben wollten, und mit einem Rest Anstand sprang sie von dem buntgeblümten Rock und würgte den Mageninhalt unter dem Rosenbusch aus.

»Arme Miez! Benny nicht böse, Benny nur dumm. Komm mit in die Küche.«

Elly stand auf und lockte Anne mit leisen, gurrenden Lauten, ihr nachzukommen. Nachdem ihr Magen sich wieder beruhigt hatte, fühlte Anne sich schon erheblich besser, und die Neugier überwog den letzten Schwindel. Sie folgte Elly, die sich am Spülbecken die Hände wusch und dann aus der großen Milchkanne ein Schälchen Milch abfüllte und mit Wasser mischte. Dazu legte sie eine Handvoll Trockenfutter auf einen Teller, das sie für Ninas gelegentliche Besuche vorrätig hatte. Dankbar stupste Anne ihre Waden.

Nina, die Milch schon von Weitem roch, ließ Jenny, die innig mit ihr schmuste, sofort allein, und als die Schüssel klapperte, schoss sie ebenfalls in die Küche. Elly schüttete noch ein paar weitere Körnchen Trockenfutter in die Hand und reichte sie Nina. »Da, Kätzchen, ist gut für steife Ohren.«

Zwischen Daumen und Zeigefinger zog sie Ninas Schlappohren in die Höhe. Anne beobachtete es und befürchtete das Schlimmste, doch Nina begann ekstatisch zu schnurren und ließ sich das Ohrenkneten mit beseligtem Gesichtsausdruck gefallen. Dann verließ Elly die beiden und ging in den Garten zurück, um ihre Arbeit fortzusetzen.

Nina und Anne blieben noch eine Weile in der Küche.

»Ich mag die Kinder, auch wenn sie manchmal ein bisschen rau sind. Sie haben mich noch nie an den Ohren gezerrt.« Das war für Nina natürlich besonders wichtig.

»Ja, Elly ist nett«, fand auch Anne und schnüffelte schon wieder neugierig in der Küche herum. »Hier werden fremde Gewürze verwendet. Das riecht interessant und wirklich nicht schlecht.«

Nina, die Annes neugierige Blicke beobachtet hatte, schlug vor: »Komm, wir sehen uns ein bisschen im Haus um.«

»Können wir das denn so ohne Weiteres?« Anne bekam plötzlich menschliche Skrupel, in fremden Wohnungen herumzustöbern.

»Sicher, sie kennen das von mir. Komm nur mit«, beruhigte Nina sie und stieß die Tür auf.

Anne zögerte noch, sich uneingeladen in dem Privatbereich anderer Leute umzusehen, folgte aber dann ihrem bisher gründlich unterdrückten Trieb und schloss sich der Kätzin an. Sie schlüpften durch die Küchentür und durch den Flur zur Treppe.

»Zuerst nach oben, da sind die Kinderzimmer und das Schlafzimmer.«

Nina lief voraus und Anne sprang ihr nach kurzem Zögern über die gebohnerte Holztreppe nach. Dabei wurde sie von der Biegung der Treppe überrascht und stellte fest, dass sie mit ihren Pfoten keinen Halt auf dem glatten Holz fand. Ganze fünf Stufen rutschte sie zu ihrer persönlichen Demütigung völlig unelegant auf dem Hinterteil wieder hinunter, bis sie sich gefangen hatte. Schon erwartete sie schallendes Gelächter von oben zu hören, aber Nina blickte nur taktvoll in eine andere Richtung. Etwas langsamer vollendete Anne den Aufstieg und fand sich neben ihrer Freundin auf dem Treppenabsatz ein, von dem es zu den oberen Zimmern ging.

»Die Türen sind zu, da können wir nichts machen«, meinte Nina nach kurzer Inspektion.

»Ich könnte dir die Türen aufmachen«, schlug Anne ihr vor, aber die Kätzin lehnte ab.

»Ach, das lohnt hier oben sowieso nicht so sehr, der Keller ist viel reizvoller. Komm!«

Sie lief die Stufen wieder hinab, und diesmal folgte Anne ihr vorsichtiger.

Ein starker Geruch von frisch gehacktem Holz begrüßte sie unten. George Mazinde hatte erst vor wenigen Tagen aus einigen Buchenscheiten Feuerholz gemacht und ordentlich an der Kellerwand aufgestapelt. Da das Haus eines der ältesten des Dorfes war und damit noch aus einer Zeit stammte, als die Keller tief, dunkel und geräumig waren, um Vorräte und Gerümpel aufzunehmen, war es hier besonders aufregend. Da lehnten alte Holzregale an der Wand, auf denen Dosen und Gläser standen; Hobelspäne und Holzstaub, um eine Werkbank verstreut, zeugten von regen Bastelarbeiten und selbstgebauten Möbeln, Farbeimer und Terpentin waren von den letzten Renovierungsarbeiten übrig geblieben, und eine große Spinne bewachte ihr staubiges Netz, das sie über ein altes Waschbecken gespannt hatte.

Die Spinne interessierte Nina, ihr Jagdeifer meldete sich. Mit einem Pfotenhieb war das Netz zerstört und die Spinne eilte über dem Boden in ein neues Versteck.

Nina hinterher!

Anne hatte Spinnen noch nie besonders viel abgewinnen können und inspizierte daher die weiteren Räume. Es war dunkel, aber die geringe Helligkeit, die aus den Lichtschächten hereinfiel, reichte ihren katzenhaft lichtempfindlichen Augen aus. Von draußen hörte sie die Unterhaltung der Erwachsenen mit ihren Kindern, drinnen vermeinte sie das Quieken und Huschen von Mäusen zu vernehmen und in der Ferne schlug die Kirchturmuhr sieben Mal. Eines der Kellerfenster stand offen. Mit einem Satz war Anne oben und hindurch. Feuchtes Laub lag am Boden des Lichtschachtes, der zwar mit Betonsteinen eingefasst, aber nicht mit einem Gitter abgedeckt war. Auf der Umrandung hingen die leuchtend roten Blüten der Geranien aus zahlreichen Töpfen.

Anne stellte sich auf die Hinterbeine, stützte sich auf dem Rand ab und versuchte, sich zu orientieren. Ja, hier musste sie hinter dem Haus sein, die Garagenmauer warf ihren Schatten auf die Wand. Möglichst angemessen dosierte sie ihre Kraft – das hatte sie inzwischen im Griff – und sprang aus dem Lichtschacht. Auch die Landung gelang ihr diesmal gut. Sie stand auf dem gepflasterten Pfad, der um das Haus führte und neben ihr in eine abwärts gehende Treppe mündete. Diese Treppe endete, wie sie ausprobierte, vor einer Tür, die offensichtlich einen zweiten Zugang zum Haus durch den Keller ermöglichte. Das war vielleicht für die Bewohner nützlich, aber Anne fand es hier langweilig und zu kühl im Abendschatten. Sie sprang die Treppenstufen mit Elan wieder hinauf, wobei sie nur einmal ausglitt und drei Stufen abwärts rutschte, und folgte dem Pfad um das Haus. Hier traf sie dann auch Tiger wieder, der sich offensichtlich im Gespräch mit dem zahmen Kaninchen Fred befand. Sie gesellte sich zu den beiden und Fred musterte sie mit ängstlichen, schwarz glänzenden Augen. Seine Nase zuckte nervös.

»Keine Hektik, Fred, das ist nur Anne. Sie begleitet mich heute auf der Runde«, versuchte Tiger ihn zu beruhigen.

Fred mümmelte etwas von »Hallo und so« und zog sich dann ein Stückchen weiter unter seinem Busch zurück, um verlegen an einem Grashalm zu knabbern.

»Mann, Fred, du bist eine trübe Tasse. Irgendwann landest du noch mal im Kochtopf deiner Familie.«

Fred zuckte zusammen. »Sag doch so was nicht. Glaubst du, die machen das?«

Anne mischte sich ein, bevor Tiger in seinem anerkannten Charme das arme Kaninchen noch weiter verunsicherte.

»Tiger hat nur Spaß gemacht, Fred. Beruhige dich wieder! Elly ist viel zu nett, um aus dir einen falschen Hasen zu machen.«

»O Gott, o Gott, o Gott«, entfuhr es Fred, aber da hatte sich Anne schon abgewandt und sagte zu Tiger: »Wir sollten Nina suchen gehen. Als ich sie das letzte Mal sah, verfolgte sie eine Monsterspinne im Keller. Wer weiß, wer da die Stärkere ist.«

Gemeinsam trollten sie sich in Richtung Terrasse, als Nina auch schon wieder auftauchte. Mazindes hatten ihre Gartenarbeiten in der Zwischenzeit erledigt und die Eltern waren mit Jenny und Benny im Haus verschwunden. Joanna und Eddy hatten die Erlaubnis erhalten, noch eine Stunde bis zum Dunkelwerden mit ihren Fahrrädern durchs Dorf zu ziehen.

Besuch bei Christian

Nina schlug vor, man solle jetzt Christian einen Besuch abstatten, der um diese Zeit bestimmt zu Hause sei und Gesellschaft brauche. Christians Wohnung lag im ersten Stock eines Mehrfamilienhauses und besaß einen Balkon zum Garten hin. Um Nina das ungehinderte Ein- und Ausgehen zu ermöglichen, hatte er eine schmale Laufplanke vom Garten bis zur Balkonbrüstung angebracht. Über diese Planke kletterten die drei Katzen hoch und saßen dann auf dem Fliesenboden vor der Glastür.

Es bedurfte nur eines kleinen Maunzers von Nina und die Balkontür wurde geöffnet. Christian schaute etwas verblüfft auf die Versammlung und bemerkte dann: »Na, Nina, hast du deine Freunde heute mitgebracht? Dich kenne ich doch, du bist Tiger.« Tiger hielt sich vornehm zurück, als Christian ihm über den Kopf fuhr. »Schön, dass es dir wieder gut geht«, sagte er dazu.

Diese Bemerkung irritierte Anne kurz. Tiger ging es doch ausgesprochen gut, fand sie, doch dann wandte sich Christian ihr zu und strich auch ihr über den Kopf. Es gefiel ihr ausnehmend gut.

»Diese hübsche kleine Katze habe ich noch nie gesehen. Na, dann kommt herein! Irgendeinen Leckerbissen werde ich schon für euch finden.«

Christian hatte gerade begonnen, die Zutaten für sein Abendessen zusammenzustellen. Neben der Pfanne lag daher ein blutiges Steak, das er jedoch ignorierte. Stattdessen holte er eine dicke Scheibe gekochten Schinken aus dem Kühlschrank. Während er sie in Würfel schnitt, erinnerte Anne sich an eine kleine Episode in der Metzgerei. Dort hatte sie nämlich einmal mitbekommen, wie er eine Scheibe »Tigerschinken« verlangt hatte. Die Fleischverkäuferin hatte ihn verständnislos angesehen, aber gleich darauf grinsend seine Erklärung akzeptiert, der Schinken sei *für* einen Stubentiger und nicht *von* einem Tiger.

Obwohl alle drei Katzen schon eine kleine Mahlzeit eingenommen hatten, gebot es die Höflichkeit, die gewürfelten Schinkenscheiben zu probieren. Anne hatte nach drei Häppchen genug und nutzte die Zeit, um einen kleinen neugierigen Rundgang durch die Wohnung zu machen, während Christian in der Küche das Fleisch briet.

Das Wohnzimmer entsprach ihrem Geschmack. Es war durch das bodentiefe Balkonfenster vermutlich tagsüber sonnig, die schlichten dunklen Ledermöbel setzten einen angenehmen Akzent zu dem hellen Teppichboden, der zu einem großen Teil mit einem flauschigen Berber bedeckt war. Darüber zu gehen bescherte ihr ein wunderschönes, kitzeliges Gefühl unter den Pfoten. An der einen Wand stand ein gut gefülltes Bücherregal. Anne drehte die Ohren nach hinten, und mit einem intensiven Lauschen in Richtung Küche versicherte sie sich, dass von dort keine Gefahr drohte. Dann sprang sie auf das erste Regalbrett, um sich über den literarischen Geschmack des Bewohners zu informieren. Sie war in der Krimi-Abteilung gelandet, die die gängigen Taschenbücher beinhaltete, kletterte dann zu gehobener Science Fiction hoch und warf dabei einen Band von Lem zu Boden. Dann fand sie ein paar zerlesene Klassiker wortreicher Erzähler aus dem letzten Jahrhundert und in einer dunkleren Ecke verschämt einige erotische Romane. Den Abstieg wählte sie über Fachzeitschriften und gebundene Veröffentlichungen technischen Inhaltes, darunter auch einige, auf denen der Name C. Braun prangte.

Wieder am Boden angelangt, setzte Anne ihren Rundgang in Richtung Hi-Fi-Anlage fort, um sich über die vorhandenen CDs zu informieren. Mit Bedauern erkannte sie, dass diese an einer sehr ungünstigen Stelle standen. Nur mit dem Risiko, zwischen drei Topfpflanzen springen zu müssen, würde sie dorthin gelangen. Ihrer Sprungkraft traute sie das zwar schon zu, doch die Landegenauigkeit ließ noch etwas zu wünschen übrig. Also nahm sie die eine offene Tür in Angriff, um den Raum dahinter zu inspizieren.

Er erwies sich als ein Arbeitszimmer von nüchterner Einrichtung mit einem großen, papierübersäten Schreibtisch, einem Laptop mit Drucker, einem Regal mit Ordnern und einem großen runden Korb mit einer schottisch karierten Decke darin, die eindeutig nach Nina roch. Leicht in sich hineinlächelnd zog Anne sich zurück.

Im Wohnzimmer prüfte sie noch mal die andere Tür, die vermutlich zum Eingangsbereich führte, fand sie aber verschlossen und wollte sie auch nicht öffnen. Die Geräusche aus der Küche zeigten ihr zudem an, dass Christian sich zu Tisch gesetzt hatte, und sie beschloss, ihm ein wenig Gesellschaft zu leisten. Sie schlüpfte in die Küche zurück, ging auf die kleine Essecke mit dem Bistro-Tischchen zu, setzte sich manierlich auf einen Küchenstuhl und beobachtete ihn beim Essen.

»Du hast ansprechende Manieren, Kleine«, lobte ihr Gastgeber sie.

»Du auch«, dachte Anne. »Und nicht nur am Tisch. Eigentlich hätte ich ganz gerne noch ein paar Streicheleinheiten. Statt Futter zum Beispiel.« Sie unterdrückte vornehm ein kleines Aufstoßen, das aus ihrem noch immer etwas unruhigen Magen entweichen wollte, und nahm ihren Tischnachbarn unauffällig in Augenschein. Er hatte sich feierabendlich gewandet, denn statt der korrekten Bürokleidung, in der sie ihm bisher begegnet war, hatte er jetzt ein knallrotes T-Shirt an, das in eine grau-rot gemusterte kurze Hose gesteckt war. An seinen Füßen trug er Espandrilles mit einem Loch über dem rechten großen Zeh. Sie bewunderte seine kräftigen Waden und glitt mit dem Blick höher. Unter dem T-Shirt zeichneten sich ein flacher Bauch und ein durchtrainierter Oberkörper ab. Unbewusst zuckte ihre Zunge über ihre Lippen. Für einen Schreibtischmenschen hatte er eine ganz ordentliche Muskulatur ausgebildet, aber die goldenen Härchen auf den Armen würden bald dichter sein als die auf dem Kopf. Sie lichteten sich schon ein wenig an den Schläfen. Doch zusammen mit seiner modischen Brille, fand sie, wirkte das tatsächlich sexy. Abschließend urteilte sie, dass der ganze Mann bei näherer Betrachtung einen äußerst appetitlichen Eindruck machte.

Als Anne mit ihrer Musterung fertig war, hatte er auch seine Mahlzeit beendet und sie schob ihre rosa Nase weiter vor und stupste sein Handgelenk.

»Aufgegessen, leer! Tut mir leid, da hättest du früher Bescheid geben müssen.«

»Dummkopf! Verstehst du nicht, ich will gestreichelt werden«, versuchte sie ihm ihre Gedanken zu übermitteln, und zur Unterstützung rieb sie ihren Kopf seinem Arm. Das wurde belohnt.

»Na, dann komm rüber. Ich weiß zwar nicht, wo du herkommst und was du alles für Katzenflöhe hast, aber es wird schon nicht so schlimm sein.«

Als Christian sie auf seinen Schoß hob und zu kraulen begann, verzieh ihm Anne das Gerede von den Katzenflöhen und fiel in beglückte Hypnose.

Tiger und Nina hatten inzwischen ein weiches Plätzchen zum Verdauen und Dösen auf dem Berberteppich gefunden, und in der folgenden halben Stunde herrschte tiefstes Einvernehmen zwischen Mensch und Tieren; nur Christian schnurrte nicht.

Doch leider fand diese Idylle bald ein Ende. Telefonklingeln schreckte alle aus der gedankenverlorenen Stimmung auf. Christian setzte Anne mit einer Entschuldigung auf den Fußboden und ging zum Telefon. Die beiden anderen gähnten, streckten und reckten sich, und als Anne zu ihnen kam, hieß es: »Auf zum abendlichen Reviergang.«

Über Balkon und Treppchen huschten sie nach unten und begannen gemeinsam die Runde in Ninas Revier.

Die Jacke

Sie verließen diesmal die Gärten und überquerten die Straße, um in die Wildnis zu kommen. Die Sonne war schon untergegangen und in der Dämmerung wurde es in den Wiesen munter. Zwei Igel kreuzten ihren Weg, den Stamm einer Buche schoss ein Eichhörnchen empor und beschimpfte sie laut keckernd wegen der Störung. Tiger fauchte warnend zurück, ließ es aber in Ruhe, dafür machten sie sich gemeinsam einen

Spaß daraus, eine behäbige Fasanenfamilie aufzuscheuchen, woraufhin diese schwerfälligen Flieger unter Protestgelärme aufflatterten und sich einige Meter weiter entfernt niederließen. Dorfbewohner führten Hunde verschiedener Größe und Rasse auf den gepflasterten Wegen spazieren und Mensch und Tier blieben zuweilen in müßiger Unterhaltung beieinander stehen. Am Bächlein spielten noch einige Kinder, die Fahrräder achtlos ins Dickicht geworfen. Unter ihnen waren auch Joanna und Eddy. Das Geplapper und gelegentliches Lachen füllten die abendliche Stille.

Nina und Tiger waren an der Stelle angekommen, an der sie sich bereits am Morgen getroffen hatten, denn hier berührten sich ihre Reviere. Anne kam etwas langsamer hinterher getrottet, sie hatte hier und da noch etwas stöbern und schnuppern müssen. Als sie alle drei wieder zusammen waren, beschlossen Tiger und Nina, noch ein wenig zu jagen. Anne verzichtete auf dieses Vergnügen mit der Begründung, sie sei satt und Maus sei sowieso nicht ihre Lieblingsnachspeise.

»Na gut, dann amüsier dich alleine. Die Gegend kennst du inzwischen ja«, forderte Tiger sie auf. »Wir sehen uns später.«

»Gute Jagd«, wünschte Anne den beiden und schaute den schwankenden Schwänzen nach, wie sie im hohen Gras verschwanden. Dann machte sie sich alleine auf den Weg. Ein leichtes Durstgefühl trieb sie Richtung Wasserlauf, wo auch die Kinder spielten. Vor ihnen hatte sie jetzt keine Angst mehr.

Der kleine Stausee war noch vorhanden, und inzwischen war auch das Wasserrad wieder repariert und in Betrieb genommen worden. Soeben wurde der Damm mithilfe von Zweigen und Erde weiter erhöht, wodurch das Wasser noch weiter anstieg. Für Anne war das sehr bequem, denn die Gefahr des Abrutschens war damit gebannt.

»Seht mal, eine Katze trinkt aus unserem See«, bemerkte eines der Kinder. Sofort wollte Anne sich zurückziehen, aber da hörte sie Joanna antworten: »Lass sie in Ruhe! Vielleicht will sie ein paar Fische angeln.«

Ein Defekt an dem Wasserrad lenkte die Aufmerksamkeit der Gruppe schnell wieder von Anne ab. Nachdem ihr Durst gelöscht war, warf sie einen Blick auf das Wasser. Hier war es ruhig und glasklar bis zum steinigen Grund. Ein paar kleine Fische flitzten am Boden hin und her.

Anne überlegte, ob sie tatsächlich ihre Fähigkeit im Angeln erproben sollte. Rohen Fisch hatte sie als eine Delikatesse von ihren gelegentlichen Besuchen eines japanischen Restaurants in Erinnerung. Sie bewegte sich näher an den Rand des Sees und hob eine Pfote, um sie versuchsweise ins Wasser zu tauchen. Es war genauso unangenehm kalt und nass wie am Morgen, als sie ihren Schwanz gebadet hatte. Schnell zog sie die Pfote zurück, schüttelte sie und konstatierte, dass sie wirklich schon ziemlich kätzisch in ihren Angewohnheiten geworden war.

Sie seufzte, und zum zweiten Mal an diesem Tag beschlich sie die Frage, wie denn wohl ihre Zukunft aussehen würde. Doch bevor sie sich auch nur annähernd mit dem Problem beschäftigen konnte, erregte ein Ausruf von Eddy ihr Interesse.

»Seht mal! Ich habe eine Jacke gefunden.«

Der Junge hatte den grünen Blouson aus dem Gebüsch geklaubt, wohin ihn am Morgen Tiger gezerrt hatte, nachdem er ihn mit seinen Krallen bearbeitet hatte.

»Lass die Jacke doch liegen! Die ist schmutzig und zerfetzt.«

»Ja, die hat sicher wer weggeworfen, so wie die aussieht.«

»Ach nein, die gehört bestimmt jemandem. Wir legen sie auf dem Rückweg auf die Bank. Da wird sie schon gefunden.«

»Eddy, es wird schon dunkel. Wir sollten nach Hause fahren«, erinnerte Joanna ihre Freunde. Auch die anderen stimmten ihr zu. So löste sich die Gruppe auf; die Fahrräder wurden aus den Büschen geholt und die Kinder eilten in alle Richtungen auseinander.

Eddy hatte sich die grüne Bomberjacke malerisch um die Schultern drapiert. Sie war ihm um einiges zu groß, und an den Ärmeln, die das bevorzugte Ziel von Tigers Krallen gewesen waren, hing das weiße Steppfutter heraus.

Der Zufall wollte es, dass sich gerade, als die beiden Kinder auf dem Weg zur Sitzbank waren, dort Alf, Erni, Stone und Dick mit ein paar Dosen Bier niedergelassen hatten.

Als sie die beiden entdeckten, schrie Alf auf: »Hey, das ist meine Jacke. Die such ich schon seit gestern Abend.«

Die drei anderen wandten ihre Köpfe zu den Kindern hin.

»Die hat dir dieser dreckige kleine Nigger geklaut«, stellte Stone empört fest. »Da müssen wir was unternehmen.«

Er und Alf erhoben sich und gingen auf den Jungen zu.

»Hey, du stinkender Kanake, gib sofort die Jacke her!«, fuhr Alf ihn an und wollte sie Eddy von den Schultern reißen.

»Schau, was dieses Ungeziefer damit angerichtet hat!« Stone machte seinen Freund mit einem hämischen Grinsen auf den zerrissenen Ärmel aufmerksam.

»Nicht nur geklaut, du kleines Schwein, nein, kaputtgemacht hast du sie auch noch!«, brüllte Alf daraufhin den verängstigten Eddy an.

Eddy und Joanna waren vor Schreck völlig sprachlos. Sie sahen die vier großen, kräftigen jungen Männer entsetzt an. Endlich fand Joanna die Sprache wieder und stammelte, alle Grammatik vergessend: »Wir die gefunden, unten am Bach. Wir nix kaputtmachen. Entschuldigung.«

»Wie die schwarze Schlampe lügen kann«, erklärte Stone mit wissendem Nicken seinem Freund. »Die beiden nehmen wir uns vor.«

»Nein, meine Schwester lügt nicht! Hier ist Ihre Jacke! Wir wollten sie nur hier hinlegen«, versuchte jetzt Eddy sich zu rechtfertigen.

»Dein schmutziges Maul wirst du gleich halten, Niggerbengel.«

Drohend kamen die beiden auf die Geschwister zu.

Geistesgegenwärtig schleuderte Eddy die Jacke Alf ins Gesicht und schrie Joanna an: »Schnell, weg!«

Die beiden Kinder waren flink. Der kurze Moment der Verblüffung reichte ihnen, um auf ihren Fahrrädern die Flucht zu ergreifen. In halsbrecherischer Geschwindigkeit radelten sie den Weg zurück, um über den Umweg durch das Dorf nach Hause zu gelangen.

»Scheißausländer!«, brüllte Alf in ohnmächtiger Wut hinter den beiden her und hob seine staubige, zerrissene Jacke auf. Er griff in die Tasche und fluchte: »Und meine Katzenpfote ist auch weg. Wenn ich die erwische!«

»Überall haste Ärger mit den Kanaken, sogar hier schon«, trug Dick zur Unterhaltung bei. »Auf der Arbeit sind die schon lästig genug, jeden morgen wirste mit den Knoblauchstinkern in der U-Bahn zusammengedrückt. Die stehen neben dir am Fließband und palavern die ganze Zeit in ihrem

Kauderwelsch rum, und wenn du sie ansprichst: Nix verstehen Deutsch.«

Er nahm einen tiefen Schluck aus seiner Bierdose, rülpste und schloss damit seine Rede stilgerecht.

Das begonnene Thema erwies sich als ergiebig. Sowohl die zwei Brüder als auch Stone hatten an ihren Arbeitsplätzen und bei ihren gelegentlichen Streifzügen durch die Kneipen der Großstadt ausreichend Erfahrung mit Ausländern gesammelt. Da jedoch allesamt gegenüber Fremden nicht sonderlich aufgeschlossen waren und Menschen, die ihren beschränkten Vorstellungen nicht entsprachen, mit herablassender Verachtung begegneten, waren diese Erfahrungen auch nicht immer angenehm.

Dick empfand die Tatsache, dass einer seiner Vorgesetzten ein Ausländer war, als persönliche Beleidigung. Denn ausgerechnet der verdiente mehr Geld als er und durfte ihm auch noch Anweisungen erteilen.

»Der Alte von den beiden Gören ist doch auch 'n großes Tier bei euch auf der Arbeit«, forschte Erni nach.

»Klar, bei uns kann sogar 'n Schwarzer was werden.« Dick dachte kurz über sein Elend nach und kam dann zu dem ermutigenden Schluss: »Wenn diese ganzen Affen aus Deutschland raus wären, könnt ich auch 'n Haufen Kohle machen.«

»Vergiss es, da kommen immer noch mehr nach, und für uns bleibt dann nur noch die Müllabfuhr.«

»Ja, pass nur auf. Irgendwann sind wir nur noch da, um diesen Stinkern den Dreck wegzumachen.«

Mit zunehmender Phantasie wuchs der Hass und gipfelte in der Bemerkung von Alf, dass sie es sich selbst zuzuschreiben hatten, was da mit den Asylantenheimen passierte.

»Ausräuchern!«

Danach versanken die vier Helden in Schweigen und trösteten sich mit einem weiteren Sechserpack Bier.

Anne und Nina

Anne war, nachdem die Kinder am Bach verschwunden waren, langsam den Weg hochgelaufen und hatte Eddy und Joanna bei Alf und seinen Freunden beobachtet. Dabei musste sie sich mit einem gewaltigen Satz in die Büsche vor den davonrasenden Mazinde-Geschwistern in Sicherheit bringen. Um das durch die Ranken zerzauste Fell wieder in ansehnliche Form zu bringen, setzte sie sich anschließend auf die noch sonnenwarmen Steine und bürstete sich. Dabei wurde sie unfreiwillig Zeugin der hässlichen Unterhaltung über Ausländer.

Um nicht in das Blickfeld der Bande zu kommen, schlich sie bald durch das hohe Gras fort und machte sich auf die Suche nach Tiger und Nina. Sie fand beide problemlos, denn Gehör und Geruchsinn hatte sie jetzt im Einsatz geübt.

Tiger tobte herum.

Nina schaute ihm gelassen zu, und als sie Anne entdeckte, meinte sie nur: »Der hat heute noch nicht genug Aufregung gehabt. Jetzt muss er mit der Maus tanzen.« Sie kicherte. »Manchmal ist er noch richtig kleinkätzisch.«

»Lass ihn das aber um Himmels willen nicht hören«, flüsterte Anne verschwörerisch.

»O nein, bestimmt nicht«, versicherte Nina.

Anne fragte sie dann höflich: »Und wie war deine Jagd?«

»Nichts Besonderes. Es war ja nur des Reizes wegen. Ich bin so satt.«

Sprach's, fiel auf die Seite und reckte sich im Gras, sodass sie von Krallenspitze bis Schwanzspitze fast einen Meter lang wurde. »Und du?«, erkundigte sie sich dabei.

»Ich habe ein paar üble Gesellen belauscht.«

»Mensch oder Tier?«

»So übel kann kein Tier sein«, fauchte Anne in Erinnerung an ihre Erfahrung mit den Halbstarken und erzählte Nina von dem Zwischenfall mit den Mazinde-Kindern.

Nina lauschte mit wachsender Empörung im Blick. »Fiese Jungs, die vier. Tiger hat mir von der Katzenpfote erzählt.«

Inzwischen hatte sich Tiger genug mit seinem Spielzeug amüsiert und ließ die verschreckte Maus laufen. Er setzte seine Begleiterinnen davon in Kenntnis, dass er sich jetzt zu einem wohlverdienten Schlaf zurückziehen würde.

»Ich bin nicht müde, Tiger, ich möchte mich lieber noch ein bisschen unterhalten«, wagte Anne einzuwenden.

Seine Antwort war ein so herzzerreißendes Gähnen, dass sie befürchtete, er würde sich gleich den Kiefer ausrenken. Beeindruckt musterte sie seinen zartrosa Gaumen und stimmte ihm dann überzeugt zu: »Gut, dann nicht.«

Nina hatte sich inzwischen wieder zu ihrer normalen Größe zusammengezogen und schlug Anne vor, stattdessen mit ihr zu plaudern.

»Das wäre fein, Nina. Bist du auch nicht zu müde?«

»Nein, nein. Ich halte ganz gerne mal ein Schwätzchen«, beruhigte sie Nina.

Sie entfernten sich beide ein wenig von dem Platz, den Tiger für seine Ruhepause ausgewählt hatte, und setzten sich, die Pfoten zierlich gekreuzt, gemütlich in das weiche Gras.

Anne traute sich erst nicht recht, das Gespräch zu eröffnen, obwohl sie Nina gerne einige Fragen über ihre Herkunft und ihr Leben bei Christian gestellt hätte. Doch sie befürchtete, dieses Thema könne Anlass zu Rückfragen über ihre eigene Vergangenheit geben – und die war sie nicht gewillt zu beantworten. Nina war jedoch nicht nur eine Edelkatze vom Aussehen, sondern war auch von dem vornehmen Takt und der Feinfühligkeit einer langen und traditionsreichen Herkunft. Sie begann mit einem belanglosen Geplauder über das Wetter.

»Ein schöner Tag heute, nicht? Ich finde diese warmen Sonnenstrahlen wundervoll wohltuend auf dem Fell. Obwohl man so ausnehmend viel damit zu tun hat, das Unterfell auszubürsten, wenn es Sommer wird«, schloss sie ein wenig kritisch.

»Mhm«, stimmte Anne zu, aber Nina erwartete keine Antwort und fuhr fort: »Christian ist da natürlich sehr hilfreich. Hin und wieder bürstet er mein Fell – hach, du, das ist göttlich.«

Anne fand ihr Stichwort: »Er ist ein sehr freundlicher Mensch, nicht wahr? Er war auch zu mir Fremden sehr nett.«

»Das stimmt. Zu mir ist er natürlich *immer* sehr nett. Zu anderen Menschen kann er aber auch manchmal recht unangenehm werden. Einen von dieser grässlichen Bande hat er letzthin gewaltig zusammengestaucht, als er diesen alten Mann – Emil heißt er wohl – angepöbelt hat.«

»Er lässt dich aber auch ziemlich viel alleine tagsüber.«

»Sicher, er muss doch unser Futter verdienen. Meine gelegentlichen Mäuse reichen nun mal nicht für zwei.« Ihre Augen lächelten bei dieser ernsthaft hervorgebrachten Tatsache.

Anne, die diese Äußerung zunächst für etwas anmaßend hielt, erkannte, dass sie Nina ein bisschen aufziehen wollte. »Du könntest den Speisezettel um ein paar saftige Regenwürmer ergänzen«, schlug sie hilfreich vor.

Nina grinste leicht. »Lehnt er ab. Die nimmt er immer mit ganz spitzen Fingern hoch und wirft sie aus dem Fenster. Aber Spaß bei Seite, ich bin ganz gerne allein, bin nicht so eine Gesellschaftskatze. Weißt du, ich denke viel«, schloss sie sinnend. Nach einer kleinen Pause fuhr sie dann fort: »Schön ist es natürlich, wenn er sich Arbeit mit nach Hause nimmt, dann abends zusammen mit mir am Schreibtisch sitzt und seine Vorträge oder Artikel schreibt. Manchmal liest er mir die auch vor.«

»Wie aufregend, dann lernst du sicher unheimlich viel von ihm.«

»Ach nein, das sind nicht so meine Themen, Thermodynamik und Elektronik und so. Ich interessiere mich eher für das historische Gebiet. Da kannte ich mal einen Gelehrten … Aber das ist eine lange Geschichte. Also bei Christian höre ich lieber auf die Stimme, wenn er etwas vorträgt.«

»Mir scheint, er arbeitet ziemlich viel. Hat er denn gar keine anderen Interessen?«

»Ach, na ja, für mich hat er jedenfalls immer noch genug Zeit. Zweimal die Woche geht er abends auch weg. Ich glaube, er macht Krafttraining oder so was. Menschen haben nicht unsere natürliche Veranlagung, die müssen ständig etwas dafür tun, damit sie bei Kräften bleiben. Er läuft auch manchmal durch den Wald. Darüber haben sich hier schon einige Kollegen bitterlich bei mir beklagt. Aber was soll ich machen? Wenn ich ihm die Laufschuhe zerkaue, kauft er sich neue, und mit dem Zerreißen des Jogginganzugs habe ich mir auch nur Ärger eingehandelt. Also stört er weiter unsere Freunde bei der abendlichen Unterhaltung.«

Anne wurde bei diesen freizügigen Enthüllungen mutig und wagte zu fragen: »Hat er eigentlich eine Freundin? Er sieht für einen Menschen doch recht gut aus?«

Nina schien das neugierige Nachbohren nichts auszumachen. Sie redete gerne über ihren Menschen.

»Er war mit einer schrecklichen Zicke verheiratet. Ich glaube, das hat ihn erst mal abgeschreckt. Die war vielleicht ein Biest.« Nina schüttelte sich noch bei der Erinnerung an die schlechte Behandlung. »Als es mir einmal gar zu bunt wurde, habe ich ihren Kosmetikschrank aufgeräumt. Und mein eigenes Parfüm dazwischen gesprüht. Ha!«

Anne kicherte mit ihr. »Pfui, Nina, ich dachte, du wärst von Adel und viel zu vornehm für solche hässlichen Maßnahmen.«

»Adel hin, Adel her, auch für mich ist Rache süß.«

»Du sagst, diese Frau ist jetzt weg?«

»Ja, zum Glück. Und ich schmeichle mir, nicht unwesentlich dazu beigetragen zu haben. Denn zu guter Letzt stand Christian immer auf meiner Seite. Aber nach der Scheidung ging es uns beiden eine Zeit lang ziemlich schlecht. Finanziell und so. Darum musste Christian auch aus dem Haus ausziehen und hier diese kleine Wohnung mieten. Na ja, jetzt geht's wohl wieder. Hoffentlich will er nicht wieder wegziehen. Ich habe mich gerade so schön an das Revier und die Kumpels hier gewöhnt.«

»Auch an Tim und Tammy?«

»Ach, weißt du, solche gibt's immer irgendwo. Und so schlecht sind die nicht, nur ein bisschen vulgär. Sie haben aber auch ihre guten Seiten. Zum Beispiel können sie wundervoll singen.«

»Magst du Musik?«

»Wenn es nicht Dudelsack ist! Am liebsten mag ich Katzenmusik und argentinischen Tango.«

»Eine ausgefallene und exquisite Mischung, Tango bei Christian und Katzenmusik im Revier, richtig?«

»Richtig. Da fällt mir ein, wir wollten heute Abend doch noch ein Konzert machen. Der Mond ist gerade richtig dafür«, schloss Nina mit einem Blick zum Horizont, wo ein großer, gelber Vollmond über den schwarzen Baumwipfeln hing.

Danach erstarb die Unterhaltung und Nina und Anne dösten gemeinsam ein wenig vor sich hin. Es wurde dunkler und ruhiger im Revier. Nur hin und wieder stimmte ein wachsamer Hund sein Gebell an, mit der Folge, dass alle anderen Hunde im Dorf auch etwas zu dieser Angelegenheit zu sagen hatten. Ein besonders schriller Terrier wollte überhaupt nicht mehr aufhören, und sein Herrchen wurde deshalb von einer Nachbarin lauthals beschimpft.

»Was ist denn mit Hedi los? Nervensäge, elendige!« Mit diesen Worten kehrte der unsanft durch das Gekläffe geweckte Tiger zu den beiden anderen zurück.

»Ach, es ist Vollmond. Und es ist jetzt sowieso langsam an der Zeit, weiter die Runde zu machen«, besänftigte Nina ihn.

Emils Auto

Sie waren kaum einige Schritte gegangen, als sie ganz in der Nähe Fauchen und einen menschlichen Schmerzensschrei hörten.

»Das kommt von der Straße, aus Jakobs Revier«, erklärte Tiger beunruhigt.

»Ja, irgendwas stimmt da nicht. Sehen wir nach«, schlug Nina vor. Zu dritt schlichen sie geduckt näher und beobachteten das Geschehen vor dem Haus.

»Hier wohnt Emil, nicht wahr?«, versicherte sich Anne. »Das ist doch sein Auto, an dem sich die Jungs zu schaffen machen«, fauchte sie empört, als sie erkannte, was sich in der Dämmerung abspielte. »Das ist doch sein ganzer Stolz.«

»Viel schlimmer ist, was gleich mit Jakob passiert«, warnte Tiger.

Jakob saß mit gesträubtem Fell auf dem Autodach und fauchte, was das Zeug hielt. Erni, der versuchen wollte, das Schloss auf der Fahrerseite aufzubrechen, war einen Schritt zurückgetreten und hielt sich die Wange. Dabei stieß er leise unschöne Drohungen aus. Alf bearbeitete inzwischen die Beifahrerseite, als sich Jakob umdrehte und auch ihm einen scharfen Tatzenhieb verpassen wollte. Der Junge wich aus und zischte den anderen leise zu: »Verdammt, schafft mir diese Katze vom Hals.«

Stone lehnte sich über die Windschutzscheibe und wollte nach Jakob greifen, doch der war behände auf die Straße gesprungen. Hier erwischte den Kater jedoch ein derber Fußtritt von dem wütenden Erni, dessen Wange aus vier langen Kratzern blutete. Jakob flog ein Stück zur Seite und konnte sich nur ganz knapp vor einem weiteren Tritt aufrappeln und ausweichen. Schon war Dick neben ihm und holte aus.

»Hey, Katzenfußball!«

Noch einmal kam Jakob davon und flüchtete unter das Auto.

»Mist!«, knurrte Dick und raunzte dann den am Fenster der Beifahrertür werkelnden Alf an: »Hast du es endlich auf?«

Der schüttelte mit einem unwilligen Laut den Kopf. »Scheißverriegelung!«

Stone und Erni hatten sich inzwischen gebückt und versuchten Jakob unter dem Auto hervorzuscheuchen. Der eine hatte einen Stock, mit dem er nach der alten Katze stieß, und der andere versuchte ihn von der anderen Seite mit Steinen zu treffen.

»Wir müssen Jakob helfen«, drängte Anne. »Die sind zu allem fähig.«

»Wie denn?«, murrte Tiger.

»Ablenken«, riet Nina.

»Oder Menschen aufmerksam machen. Schließlich wollen die das Auto aufbrechen.«

»Schreien?«

»Emil ist halb taub und hat das Fernsehgerät an«, wandte Tiger ein.

»Hedi hat vorhin ganz schön genervt, können wir den nicht als Sirene benutzen?«, schlug Ninas vor.

»Super, den wollte ich schon immer mal aufmischen.« Die Idee gefiel Tiger. Mit einigen Sätzen war er zum angrenzenden Grundstück geschossen, hatte den Baum vor dem Balkon erklommen und versuchte, Hedis Aufmerksamkeit auf sich zu ziehen. Der reizbare Terrier lag am offenen Wohnzimmerfenster und döste, während seine Herrschaften fernsahen.

Alf hatte inzwischen die Verriegelung der Beifahrertür mit dem Draht zu fassen bekommen und zog sie mit Gefühl nach oben.

Jakob war noch immer unter dem Auto und hatte bereits einige Hiebe von dem Stock hinnehmen müssen, um seinen sicheren Unterschlupf nicht verlassen zu müssen. Er war schon über die Maßen erschöpft.

Hedi bemerkte die Katze nicht. Tiger wagte sich auf einem sich verjüngenden Ast weiter vor, um auf die Balkonbrüstung zu springen. Der Ast schwankte und Tiger kämpfte mit der Höhenangst. Nina und Anne konnten nichts weiter tun, als dem Geschehen atemlos zu folgen.

Da! Genau in dem Moment, als Alf die Autotür öffnete, fing Hedi hysterisch an zu kläffen. Er hatte Tiger auf seinem Balkon entdeckt. Wie vorhergesehen begann nach wenigen Sekunden die übliche hündische Kettenreaktion. Von links kam die tiefe Stimme eines Schäferhundes, dann stimmte ein leicht erregbarer Pudel mit schrillem Organ ein, und bald war die gesamte Hundemannschaft des Dorfes in Gebell vereint. Das spornte Hedi zu immer neuen Tiraden an.

Fenster öffneten sich, Außenbeleuchtungen wurden eingeschaltet, und die Besitzer der Hunde versuchten, ihre Lieben zu beruhigen. Sogar Emil war von dem Lärmen aufgeschreckt worden und beugte sich aus dem Fenster. Er konnte vier Gestalten im Dunkel davonsprinten sehen, darum wurde er misstrauisch. Er trat vor die Tür hinaus, um nach seinem Wagen zu sehen, und erkannte, dass er noch einmal knapp davongekommen war. Außer ein paar Kratzern am Türrahmen und an den Schlössern war kein Schaden angerichtet worden. Dann endlich hörte er Jakobs leises Jaulen unter dem Auto, und mit einem Ächzen beugte er sich zu ihm hinunter.

»Na, Alter, da hast du aber nicht gut aufgepasst. Sitzt unter dem Auto, ohne dich zu mucksen, während diese Lümmel versuchen, die Tür aufzubrechen. Da musste erst Hedi Alarm schlagen! Jetzt verschwinde, ich will den Wagen in die Garage fahren. Das hätte ich schon längst tun sollen.«

Er richtete sich wieder auf und öffnete das Tor zur Einfahrt.

Tiger hatte inzwischen mitbekommen, dass sein Einsatz erfolgreich war und versuchte, dem ohrenbetäubenden Gekläff zu entfliehen. Er saß auf der Balkonbrüstung und prüfte die Entfernung zum Baum. Der Stamm schien sich immer weiter fortzubewegen und die Äste wurden anscheinend immer dünner.

Verzagt fragte er sich, wie er bloß so hoch gekommen war, und ließ den Schwanz über die Brüstung in den Balkon hängen.

Das war Hedis Chance.

Er sprang hoch und setzte zum Zuschnappen an. Nur ein unwillkürliches Zucken dieses sensiblen Körperteils verhinderte das Schlimmste. Gleichzeitig gab der Angriff Tiger den Mut, die Entscheidung für das kleinere Übel zu treffen, und er sprang todesmutig in das grüne Laub.

Er hatte Glück und bekam einen recht festen Ast zwischen die Krallen. Damit konnte er einen einigermaßen würdevollen Abstieg vornehmen. Unten angekommen, wurde er von Nina und Anne voll Bewunderung empfangen.

Gesang

Die beiden waren noch dabei, ihrer Anerkennung für die aufopfernde Tat durch heftiges Lecken von Tigers Ohren zu bekunden, als Jakob sich zu ihnen gesellte. Er hinkte und war offensichtlich wütend.

»Habt ihr das mitbekommen, was dieser senile alte Kracher da eben von sich gegeben hat?«, herrschte er die drei an. »Hedi hat sein kostbares Auto gerettet. Hedi! Ausgerechnet Hedi! Dieser Köter ist so dumm, der erkennt nicht einmal eine Wurst, wenn sie bellen könnte. Hedi!«, schnaubte er ungläubig.

»Du hast schon deine rechte Last mit dem Alten«, warf Nina begütigend ein. »Aber er konnte doch nicht sehen, dass du dem Burschen schon eine übergezogen hattest.«

»Immerhin war Hedi nützlich. Er ist so berechenbar, nicht wahr?«, fügte Anne hinzu.

»Schon recht«, grummelte Jakob. »Vielen Dank auch, Tiger. Es war in Ordnung, dass du mir geholfen hast. Wahrscheinlich hättet ihr mich ansonsten morgen Emil als Nierenwärmer andrehen können.«

»Ach bitte, gern geschehen. War Annes Idee«, erklärte Tiger.

»Anne – wer ist Anne?«

»Ich. – Wir wurden uns heute Morgen schon vorgestellt.« Anne war ein wenig ungehalten darüber, von Jakob zum zweiten Mal an diesem Tage mit Nichtachtung gestraft zu werden.

»Heute morgen, so, so. Jetzt erinnere ich mich. Dein Problem, Tiger.« Jakob sah Tiger wissend an und meinte dann nach einer Weile versonnen: »Eine Anne kannte ich auch mal, eine süße Kartäuserin. Aber das ist lange her«, schloss er und schob energisch seine Erinnerung beiseite.

Der Mond war inzwischen auf seiner Bahn emporgestiegen und leuchtete in kaltem, weißem Licht über den bewaldeten Hügeln.

»Es ist Zeit für die Versammlung«, bemerkte Jakob, nachdem alle vier eine Weile einträchtig geschwiegen hatten. »Kommt ihr mit?«, erkundigte er sich, während er sich mühsam erhob.

Tiger, Anne und Nina standen ebenfalls auf und passten ihren Gang dem hinkenden Jakob an.

»Hast du große Schmerzen, Jakob?«, erkundigte sich Anne mitfühlend.

»Ach woher! Es gehört zu meinen Lieblingsbeschäftigungen, mich von idiotischen Menschen verprügeln zu lassen.«

Diese wirklich besonders liebenswürdige Antwort erstickte jedes weitere Mitgefühl, und so trotteten sie weiter hügelan bis zum Waldrand. Jakob und Tiger, die sich leise unterhielten, schritten voran, Anne und Nina schweigend hinterher.

Plötzlich tauchten neben ihnen zwei weitere Silhouetten auf leisen Sohlen auf. Anne erkannte mit Erschrecken die schwarzweißen Gestalten von Tim und Tammy und machte sich auf weitere Auseinandersetzungen gefasst. Sie merkte, wie sich ihr Fell zu sträuben begann, und wollte in Abwehrposition gehen, als sie ein freundliches Kichern förmlich entwaffnete.

»Ganz schön kämpferisch, deine Kleine, Tiger.«

»O hallo, Tammy, hallo Tim. Das Bad heute Morgen genossen?«

»Das war ekelhaft und unfair. Aber was kann man von solchen wie Anne auch erwarten? Immerhin, die Keilerei hat einen Riesenspaß gemacht, nicht?«

Zögernd mischte sich Anne ein: »Und ihr seid mir nicht böse?«

»Bist du uns böse?«, lautete die Gegenfrage.

»Äh ... Nö.«

»Dann is ja alles klar, nich.«

»Hey, Tammy, da is ja auch unser Schlappohr«, machte Tim seinen Bruder aufmerksam.

Weit davon entfernt, sich provozieren zu lassen, meinte Nina nur: »Bist selber eins« und ließ die Sache auf sich beruhen.

»Was hat Jakob denn? Na, altes Hinkebeinchen, hat dich dein Opa getreten?«

Jakob reagierte nicht auf Tammys Frotzeleien, und Tiger wies den Kater zurecht, er solle endlich seine unqualifizierten Bemerkungen für sich behalten.

»Okay, Alter, wir haben vier Bengels davonrauschen sehen. Der eine führte deine Handschrift im Gesicht.«

Worauf Jakob sogar ein trockenes Lachen zustande brachte und ihn angrinste. »Na, die wirst du wohl wiedererkennen können.«

Gemeinsam setzten sie ihren Weg fort, bis sie zu einer Wiese am Waldrand kamen. Dort suchten sie sich jeder einen Platz, auf dem sie sich aufrecht hinsetzten. Anne blieb bei Nina in einer Mulde mit weichem, kurzem Gras sitzen. Tim und Tammy nahmen auf einem flachen, noch ein wenig sonnenwarmen Felsbrocken Platz, Jakob hielt sich abseits, und Tiger sprang auf einen alten Baumstumpf und saß damit etwas höher als die anderen. Abendwind rauschte in den Bäumen und das Gras raschelte leise. Es roch nach Tannen und blühenden Hecken. Das Vogelgezwitscher war inzwischen verklungen und das erste Käuzchen schrie versuchsweise seinen Klagelaut in die mondhelle Nacht. In der Ferne waren die Motorengeräusche einiger Fahrzeuge zu hören und irgendwo blökte noch eine unzufriedene Kuh.

Anne bemerkte immer mehr Schattengestalten, die sich leisepfotig einfanden und nun das ganze Rund der kleinen Wiese bevölkerten. Einige erkannte sie wieder. Die wuschelig-weiße Fleuri mit dem Glöckchen – wie hatte sie es nur geschafft, so lautlos herzukommen? –, der schwarze Rasputin, dessen Heim das Postamt war, die geschwätzige Siamkatze Diti aus der Nachbarschaft, die rote Minka vom Bauernhof, die aber hin und wieder durch das Dorf streifte, und der vornehme King Henry VIII., fett, grau-weiß gezeichnet und seinem Namenspatron äußerlich nicht unähnlich, jedoch ungeheuer verschmust. Andere kannte sie flüchtig vom Sehen, aber viele der Versammelten waren ihr gänzlich fremd.

Um niemand auf sich aufmerksam zu machen, verharrte sie genau wie die anderen in ihrer sitzenden Position, neugierig auf das, was geschehen würde.

Geraume Zeit tat sich jedoch gar nichts. Die Katzen verhielten sich schweigend, dennoch beschlich Anne das Gefühl, als ob sie einem Gedankenaustausch beiwohne, von dem sie ausgeschlossen war. Kaum eine bewegte sich, nur das eine oder andere Schnurrhaar vibrierte. Plötzlich begann Tim, einen langen, tiefen Ton auszustoßen.

»JOUUUUUUU!!«, sang er und gab damit den Auftakt zu einem Lied.

Tammy fing – zu Annes äußerstem Erstaunen – im Sopran an, mit seinem Bruder ein Duett zu singen. »JEIIiiiii, JEIIiiii, JEIIiiii«, johlte er munter drauflos.

Andere setzten ebenfalls ein, Tiger in einem schönen Bariton, Jakob kontrapunktisch mit heiserem Maunzen, Rasputin selbstverständlich in einem dröhnenden Bass und Fleuri lieblich jammernd.

Dann erhob Nina ihre Stimme!

Sie ließ ein derart dissonantes Gejaule los, dass Anne, die direkt neben ihr saß, beinahe die Fassung verloren hätte. Ihr fiel nur ein einziger passender Vergleich ein: Nina klang wie ein verstimmter Dudelsack, dachte sie entsetzt und blickte sich interessiert um, ob den anderen diese unmelodische Einlage auch aufgefallen war. Aber entweder waren sie das disharmonische Gejodel bereits gewöhnt oder betrachteten es als eine besonders interessante Zutat zu ihrer Katzenmusik.

Dann verklang das fröhliche Lied. Stille trat wieder ein.

Aber der Bann war gebrochen. Die eine oder andere Katze setzte sich bequemer hin, hier wurde ein Schwanz zurechtgewiesen, da eine Pfote geputzt, dort musste ein Nachbar zur Seite geschubst werden, leiser Klatsch wurde ausgetauscht, und Jakob schleppte sich mit schmerzenden Knochen in die Mitte des Wiesenrunds. Dort setzte er sich mühsam hin, fuhr sich mit den Pfoten über die graue Schnauze und die Augen und wartete.

Jakob war mit Abstand der Älteste unter den Versammelten, und nach und nach trat wieder Ruhe ein. Es war, als warteten alle auf ein Zeichen von ihm. Und richtig! Als er sich sicher sein konnte, die ungeteilte Aufmerksamkeit der Anwesenden zu besitzen, verkündete er: »Heute ist die Nacht, in der wir die ›Große Klage‹ singen werden.«

Mehr sagte er nicht, doch Anne hatte das Gefühl, dass sich eine ungeheure Spannung aufbaute und dass alle sehr viel mehr wussten als sie selbst. Aber in diesem Moment eine Frage zu stellen erschien ihr äußerst unangemessen, und so wartete sie schweigend auf das Kommende. Diesmal stimmte Jakob das Lied an. Es unterschied sich völlig von der lustigen Weise des vorhergegangenen Werkes. Die Töne, die jetzt zum bleichen Mond emporstiegen, waren voll Traurigkeit und Schmerz, Klagelaute kamen aus allen Kehlen. Selbst Ninas Stimme fügte sich der auf- und abschwellenden Melodie. Ohne es zu wollen, sang auch Anne plötzlich mit, und es klang wie Schluchzen in ihren Ohren. Verlegen schloss sie die Lippen und hoffte, dass sie damit keinen Anstoß erregt hatte, doch alle sangen selbstvergessen und inbrünstig. Nur Tiger saß stumm auf seinem Baumstumpf.

Der Mond schien voll auf sein Fell und die weißen Haare am Bauch und im Gesicht glänzten silbrig.

Aufrecht saß er und stolz.

Anne blickte mit Bewunderung zu ihm auf und in die unendliche Trauer der Großen Klage mischte sich zu den Klängen des Abschieds und der Wehmut ein Schimmer von Zuversicht und Hoffnung.

Dann endete das Lied mit einem letzten verhallenden Ton. Ohne weitere Worte löste sich die Versammlung so leise auf, wie sie zusammengetreten war.

Schwieriger Heimweg

Anne, Tiger, Nina und Jakob begaben sich gemeinsam auf den Rückweg, Jakob wirkte noch erschöpfter als vor der Versammlung, und so verlief der Abstieg in das Dorf langsam und gemächlich. Keiner der vier sprach und Anne hing ihren Gedanken nach. Die Große Klage hatte sie tief beeindruckt. Sie spürte noch immer den dicken Kloß in der Kehle. Ohne die Kralle darauf legen zu können, hatte sie die Empfindung, in sehr naher Zukunft mit einem unglücklichen Ereignis konfrontiert zu werden, aber alles Grübeln brachte sie nicht weiter, sondern machte sie nur schwermütig.

Als sie den Bereich der ersten Häuser erreicht hatten, blieb Nina stehen und meinte, sie müsse allmählich nach Christian sehen. Sie stupste Tiger in die Seite und forderte ihn leise auf, Jakob noch sicher nach Hause zu geleiten.

»Er sieht einigermaßen fertig aus, Tiger.«

»Ist doch klar, Nina. Mach's gut.«

Nina verabschiedete sich auch von Anne und sagte: »Wir treffen uns vielleicht noch mal.«

Sie gaben sich einen leichten Nasenstüber, dann sprang Nina in weiten Sätzen über die Straße davon.

Jakob hatte davon wenig mitbekommen, er war einfach langsam weitergehinkt und wirkte im Mondlicht ältlich und gebrechlich. Anne sah besorgt zu ihm hin, doch Tiger, der ihrem Blick folgte, beruhigte sie: »Dem fehlt nur eine ordentliche Portion Futter und ein paar Stunden Schlaf. Täusche dich in Jakob nicht, der ist zäh.«

»Wenn du meinst. Ich habe aber fast den Eindruck, er fällt uns gleich um.«

Genau in diesem Augenblick strauchelte der alte Kater auch schon und fiel ungelenk auf die Seite. Tiger und Anne sprinteten los. Als sie bei ihm ankamen, murrte Jakob schon wieder: »Verflucht unebener Weg hier, muss mit der Pfote irgendwo hängen geblieben sein.« Er schaute die beiden von unten an. »Was wollt ihr denn? Geht weiter, geht doch weiter! Ich komme gleich nach.«

Tiger machte einen ratlosen Eindruck und Anne verstand ihn. Wenn er jetzt seine Hilfe anbieten würde, würde Jakob sein Gesicht verlieren. Schließlich meinte sie zögernd: »Wir würden ganz gerne mit dir zusammen weitergehen. Was hältst du davon, anschließend noch ein paar Mäuse zu jagen?«

»Ja, ja, geht schon mal, ich habe doch gesagt, ich komme gleich nach.«

Hilfe suchend blickte Tiger zu Anne. Sie zuckte vielsagend mit den Ohren und probierte eine andere Technik. Mit einem scharfen Fauchen fuhr sie den liegenden Jakob an: »Jetzt raff endlich deine alten Knochen auf und beweg deinen Hintern nach Hause! Emil wartet wahrscheinlich schon wer weiß wie lange auf dich. Willst du, dass er vor Sorgen einen Herzkasper kriegt? Los, Alter!«

Zu ihrem Erstaunen hatte dieser harsche Anpfiff Erfolg. Jakob rappelte sich mühsam auf, und als er auf allen vieren stand, waren Anne und Tiger auch schon rechts und links von ihm und stützten ihn. So zuckelten sie gemeinsam weiter auf Emils Haus zu. Jakob maulte nur sehr wenig und eigentlich nur, wenn einer seiner Begleiter eine der wunden Stellen an seinen Rippen unabsichtlich berührte.

Dann war ihr Weg zu Ende und sie standen vor Emils

Wohnzimmerfenster. Von draußen konnte man das bläuliche Licht des Fernsehers erkennen und deutlich die Stimme des Nachrichtensprechers wahrnehmen, denn Emil war nun wirklich ein bisschen schwerhörig.

Jakob saß vor dem Fenster und maunzte nach Einlass. Doch seine Stimme war – möglicherweise aufgrund der allgemeinen Schwäche oder wegen des Gesanges – nur ein jämmerlich leises Krächzen.

»O weh«, meinte Anne zu Tiger. »Das hört der Alte nie.«

Tiger antwortete nicht. Jakob setzte zu einem zweiten, ebenso erfolglosen Versuch an. Als sich daraufhin wieder nichts tat, kommentierte er das in seiner gewohnten Art.

»Habe ich's nicht immer gesagt? Der alte Kracher ist taub wie eine hundertjährige Schildkröte.«

»Sollen wir es mal versuchen?«, schlug Anne vor.

»Na, wenn du es besser kannst ... Hindern werde ich dich nicht.«

»Komm, Tiger, wir maunzen gemeinsam«, forderte sie ihren schweigsamen Begleiter auf.

»Wenn's sein muss«, erklärte der zögernd, denn er mischte sich nicht gerne ein.

»Ja, und wenn Emil dann aufmacht, könnt ihr auch gleich in meinen Korb ziehen«, giftete Jakob sie unerwartet und ungerecht an. Anne legte die Barthaare an und strafte ihn mit einem missbilligenden Blick. Dann setzte sie zu ihrem ohrenbetäubenden Kampfschrei an, mit der Folge, dass drinnen ein Möbelstück polterte und mit einem Ratsch die Gardine aufgezogen wurde. Da im Wohnzimmer das Licht brannte, konnte Emil nicht viel erkennen, also schickte Tiger noch einen leiseren Maunzer hinterher. Die Terrassentür wurde aufgerissen und Emil kam heraus.

»Jakob, ist etwas passiert?«, rief er ins Dunkel.

Jakob stand auf und schlich Emil um die Beine. Dann brach er müde auf dem Fußabtreter zusammen.

»Jakob, mein Katerchen. Was ist denn geschehen?« Mit mühsamen Bewegungen beugte sich der alte Herr zu dem erschöpften Jakob und hob ihn vorsichtig in die Arme. Dabei lächelte er die beiden anderen Katzen an. »Oh, ihr beide habt hier eben so ein Geschrei veranstaltet? So schön laut kann Jakob nämlich nicht maunzen, was, Alterchen?« Mit diesen Worten strich er dem alten Kater liebevoll über den Kopf.

Zu Annes größtem Erstaunen begann Jakob lauthals zu schnurren. »Bist doch mein Bester«, murmelte Emil in dessen aufgerichtete Ohren. »Und ich habe dir vorhin sicher Unrecht getan, als die Burschen das Auto aufbrechen wollten. Sie haben dir wahrscheinlich übel mitgespielt. Lass mal sehen!«

Vorsichtig legte er den schnurrenden Jakob in den großen, weich gepolsterten Korb am Fenster und strich dann liebevoll über dessen misshandelte Rippen. Jakob maunzte leise und leckte dann über Emils runzeligen Handrücken.

Als Anne und Tiger davon überzeugt waren, dass Jakob jetzt wohl umsorgt wurde, wandten sie sich ab und wollten verschwinden, doch Emil bemerkte ihre Absicht.

»Ihr zwei habt Jakob wohl geholfen«, vermutete er äußerst scharfsinnig. »Das soll belohnt werden. Moment mal.«

Er strich Tiger und Anne über die Köpfe und verschwand dann für einen Augenblick in der Küche. Anne ging währenddessen zu Jakobs Korb und wollte etwas sagen, doch Jakob tatzte nach ihr, bevor sie das Maul öffnen konnte. Irritiert zog sie sich zurück. Tiger kicherte im Hintergrund. Da kam Emil auch schon zurück und hatte zwei Schälchen mit Tartar dabei. Das größere von beiden stellte er an Jakobs Korb, das andere bot er den beiden Katzen draußen dar.

»Das mögt ihr sicher auch, obwohl ihr noch richtig beißen könnt. Jakob und ich haben da schon ein paar Probleme.«

Anne mochte Tartar sehr gerne und stürzte sich voll Wonne auf das Fleisch. Doch schon nach dem ersten Bissen erhielt sie einen Pfotenschlag hinter die Ohren und sprang verdutzt zur Seite. Tiger nahm sein königliches Vorrecht in Anspruch, seinen Anteil zuerst zu verzehren. Seine Ansichten über gerechtes Teilen waren sehr an seinen individuellen Maßstäben orientiert, und so blieb für Anne nur ein winziger Rest übrig.

Inzwischen hatte Emil die Tür wieder geschlossen und die Gardine zugezogen. Anne war sich jedoch sicher, dass Jakob jetzt alle Liebe und Pflege erhalten würde, die er brauchte, um sich wieder zu erholen. Tiger und sie trollten sich.

Endlich ein paar Erklärungen

»Ich brauche ein Schlückchen Wasser«, brummelte Tiger und schlug die Richtung zur Brücke ein. Anne folgte ihm. Das Plätschern des kleinen Baches war schon ganz nahe zu hören, als Tiger plötzlich stehen blieb.

»Was ist los, Tiger, keinen Durst mehr?« Glasig schaute Tiger durch Anne hindurch. »Tiger, was hast du?«, insistierte sie besorgt.

Der Kater schüttelte heftig den Kopf und fuhr sich mit der Pfote über die Augen.

»Mein Kopf tut so weh«, antwortete er ganz leise.

»Dann ruh dich doch ein bisschen aus«, schlug Anne vor und setzte sich an den Wegesrand. Seltsam widerspruchslos fügte sich Tiger und legte sich neben sie ins weiche Gras. Er bettete den Kopf vorsichtig auf die Vorderpfoten und schloss die Augen. Anne beobachtete ihn schweigend. Nach einer Weile beugte sie sich zu ihm und leckte ihm, wie sie es von ihm gelernt hatte, das Fell auf der Stirn und zwischen den Ohren. Auch wenn Tiger keinerlei Reaktion zeigte, schien es ihm gutzutun. Zumindest konnte er ein leises Schnurren nicht unterdrücken. Immer schön in Fellrichtung bürstete ihre raue Zunge das kurzhaarige, braun-schwarze Fell bis zwischen die Augen, wo es in eine schiefe weiße Spitze überging. »Damit sieht er aus, als ob er einen immer leicht verrutschten Mittelscheitel trägt«, dachte Anne liebevoll.

Einige Minuten vergingen. Der Mond stieg höher am Himmel empor. Die Kirchturmuhr schlug eine halbe Stunde, und Anne unterbrach ihre Bürstenmassage, um zum Kirchturm zu schauen. Die Uhr zeigte bereits halb elf an, doch die Zeit hatte für sie irgendwie alle Bedeutung verloren.

Tiger war aus seinem wohligen Dösen aufgewacht und sah sie an, als sie sich ihm wieder zuwandte. »Das Schläferchen hat gutgetan. Jetzt tut es fast nicht mehr weh.« Er streckte sich genüsslich, gähnte, schlug die Krallen in den Boden und machte einen wundervollen Buckel. Dann setzte er sich wieder hin und betrachtete schweigend den Mond. Anne tat es ihm nach. Doch nicht lange und sie wurde unruhig. Zu viele Fragen brannten ihr noch auf der Seele, und so versuchte sie, wenigstens ein paar Antworten zu erhalten.

Vorsichtig begann sie: »Du Tiger, darf ich dich etwas fragen?«

Er drehte seinen Kopf zu ihr herum. »Du fragst doch ständig – warum jetzt nicht auch?«, forderte er sie in der ihm eigenen verbindlichen Art auf.

»Diese Versammlung vorhin – also welchen Sinn hatte die eigentlich? Ich hatte das Gefühl, ihr habt euch alle sehr viel mehr mitgeteilt, als ich mitbekommen habe.«

»Das wird es wohl sein.«

»Ja, aber was macht ihr bei solchen Versammlungen?«, forschte sie hartnäckig nach.

»Wir denken über die großen Dinge nach. Über das Leben und die Welt und über den Lauf der Zeit.«

»Oh.« Anne war beeindruckt. »Also auch über das, was morgen geschieht?«

»Über das Vergangene und das Heute und natürlich auch über das Morgen.«

»Dann weißt du heute schon, zum Beispiel, welches Futter du morgen bekommst.«

Tiger reagierte äußerst ungehalten und versetzte in scharfem Ton: »Über solch niedere Dinge doch nicht. Futter, du meine Güte! Wir ergründen die geistigen Strömungen aller beseelten Wesen.«

»Ah ja, also beispielsweise auch die Wege der menschlichen Politik?«, versuchte sie zu spötteln, doch ihr Gesprächspartner nahm sie bitter ernst. Verachtung troff aus seiner Stimme, als er ihr antwortete: »Die Politik der Menschen kommt in ihrer Wertigkeit noch deutlich nach Futter.«

»Okay, das vermutete ich schon, aber das andere werde ich nie ganz verstehen. Entschuldige meine dummen Fragen.«

»Mhm.«

»Eine Frage habe ich aber noch. Wieso konnte ich nicht an dieser Form der Kommunikation teilnehmen?«

»Du hast zwar das Aussehen einer Katze und die körperlichen Fähigkeiten, aber du bist keine und wirst keine bleiben. Die höheren Geheimnisse werden dir immer verschlossen bleiben. Du darfst froh sein, erkannt zu haben, dass es sie gibt. So, und jetzt ist Schluss mit der Fragerei! Ich habe Durst.«

Das war so abschließend gesagt, dass Anne kein weiteres Wort mehr über die Lippen bekam. Sie hatte zwar Antworten erhalten, aber die warfen mehr Fragen auf, als sie vorher hatte. Darüber nachzugrübeln blieb ihr jedoch keine Muße, denn Tiger war schon auf dem Weg zum Wasser.

Eine hässliche Unterhaltung

Anne trabte hinterher und beobachtete dabei, dass sich auf der Brücke einige Menschen versammelt hatten. Sie machte Tiger darauf aufmerksam und fragte ängstlich: »Sollen wir nicht irgendwo anders trinken?«

Tiger drehte sich im Gehen um und warf ihr über die Schulter zu: »Wenn du dich einigermaßen leise verhalten könntest, würden die uns nicht bemerken.«

Das war eine deutliche Anweisung und Anne kam ihr nach. Stumm Pfote um Pfote voransetzend, schlich sie weiter, denn inzwischen hatte sie die vier Menschen als Alf, Erni, Dick und Stone erkannt. Die allerletzten, von denen sie entdeckt werden wollte, waren diese üblen Gesellen. Deren brutaler Übergriff am Nachmittag steckte ihr noch in den Gliedern.

Tiger wählte eine Stelle unter der Brücke, die nicht so abschüssig und glitschig war wie die am Morgen. Er hatte aus seinem Ausrutscher gelernt. Mit vorsichtigen Bewegungen folgte ihm Anne zum Bach hinunter und stellte sich zum Schlabbern neben ihn. Das kühle, klare Wasser war sauber und schmeckte erfrischend. Als ihr Durst gestillt war, hob sie den Kopf, um zu hören, was oberhalb auf der Brücke geredet wurde. Die Stimmen der vier hatte sie während der ganzen Zeit wahrgenommen, sich aber nicht für die Worte interessiert. Jetzt hörte sie zu.

Was dort gesprochen wurde, füllte sie mit Entsetzen. Es war wohl schon eine ganze Weile wieder die Rede von Ausländern und deren bevorzugter Behandlung. Die teuren, großen Wagen, die sich ausländische Arbeitskollegen leisten konnten, die ungerechtfertigten Beförderungen, die anmaßende Haltung gegenüber den deutschen Frauen und viele andere Themen mehr, zu denen jeder der vier Freunde sein Scherflein beitragen konnte.

»Jetzt wohnen die Schwarzen sogar in unserm Haus«, empörte sich Dick.

»Wie – euer Haus?«

»Hat meinem Onkel gehört.«

»Und jetzt?«

»Na, hat die Tante doch drin gewohnt, nachdem der abgekratzt war.«

»Deine Tante is doch auch tot.«

»Sag ich doch, is unser Haus.«

»Hast du's geerbt?«

»Nee, der Bruder der Tante, der Egon Wiedmann.«

»Wer isn das?«

»Kennt ihr nich, is aus der Stadt«

»Dann is es nicht euer Haus.«

»Doch, gibt noch 'n Gerichtssache deswegen. Mein Alter hat geklagt.«

»Und der Typ hat das an die Scheißausländer vermietet! Mensch, das Haus kannste anschließend ausräuchern!«

»Ich wollt nachher nich mehr drin wohnen.«

Dann herrschte für einen Moment Schweigen und man hörte, wie Bierdosen geöffnet wurden.

Anne sah zu Tiger, der sich gelangweilt die Pfoten putzte.

»Hast du jetzt genug gelauscht?«, brummelte der.

»Eigentlich nicht. Tiger, ich habe das Gefühl, da bahnt sich irgendwas Übles an.«

»Ist das unsere Angelegenheit?«

»Weiß ich noch nicht. Lass uns einfach noch einen Moment hier bleiben.«

Von oben kam ein Husten und dann die Bemerkung von Alf: »Verdammt, ist das kalt.«

Seine zerfetzte Jacke hatte er weggeworfen, darum stand er jetzt in T-Shirt und Jeans in der kühlen Nachtluft und fror.

»Da siehste mal wieder, wozu diese dreckigen Gören in der Lage sind«, stichelte Stone. »Zerreißen unsere Klamotten und lügen dann noch, sie hätten sie so gefunden. Dreckskerle!«

»Die Kurzen gehören doch zu dem Pack in eurem Haus?«

»Mhm.«

»Und meine Katzenpfote is auch weg«, quengelte Alf weiter.

»Hey, das war 'n Spaß. Wir hätten das dumme Katzenvieh vorhin bald gehabt, dann hättste 'ne neue gekriegt.«

»Und ich den Schwanz«, freute sich Erni, der schon immer neidisch auf Dicks Schlüsselanhänger war.

»Mensch, es gibt doch genug Katzen. Wolln wir uns nich heute wieder eine fangen. Wer sie als erster hat, kriegt den Schwanz.«

»So wie du bei der Dreibeinigen damals, nee, das war nix. Die hat dich ganz schön gekratzt.«

»Ach, Dick kann das vertragen, der is fett genug.«

Dick nahm die zarte Anspielung auf seine Figur nicht übel, er fand sich so in Ordnung, wie er war. Aber Katzen zu fangen war ihm offensichtlich zu anstrengend und sein nicht allzu schnell arbeitender Verstand war noch immer mit dem Problem der Ausländer in »seinem« Haus beschäftigt.

»Wenn wir die da raus kriegen, meinste, man kann wirklich nich mehr drin wohnen?«

»Hä?«

»Er meint die Drecksneger.«

Anne konnte der weiteren Diskussion nicht mehr folgen, weil Tiger neben ihr langsam vor der Explosion stand.

»Das also ist mit Cleo passiert«, zischte er. Er stand auf, das Fell gesträubt, mit einem furiosen Buckel, die Ohren und Barthaare angelegt und bereit, auf die Brücke zu springen, um den vier Jungs den Garaus zu machen.

»Tiger, beruhige dich! Du kannst doch jetzt nichts mehr machen«, versuchte ihn Anne wieder auf den Boden der Tatsachen zu bringen.

»Rache!«, fauchte Tiger.

»Sei leise, sonst hören die dich noch.«

»Mörderbande, verdammte!«

»Du hast ja so recht, aber das sind vier große Menschen. Tiger, vor denen habe ich Angst.« Annes Flehen traf endlich an sein Ohr und ganz langsam entspannte er sich wieder.

»Hast recht, jetzt kann man sowieso nichts mehr machen«, grummelte er traurig und fügte nach einem kleinen Moment zur Erklärung hinzu: »Cleo war eine Freundin von Nina.«

Anne erinnerte sich. Die Krankenschwester Minni Schwarzhaupt hatte das graue Kätzchen gefunden, das von einem Auto angefahren worden war und ein verletztes Bein hatte. Das Bein musste amputiert werden, aber Cleo hatte sich wieder erholt und war trotz der Behinderung gut zurechtgekommen. Eines Tages war sie aber dann spurlos verschwunden. Minni hatte damals überall gesucht und auch Anne gefragt, ob sie das Kätzchen gesehen hatte. Jetzt wussten sie und Tiger, was geschehen war, und obwohl Anne versuchte, Tiger von unüberlegten Taten abzuhalten, kochte auch sie vor Wut über diese Tierquäler. Sie überlegte fieberhaft, was sie Wirkungsvolles gegen die Bande unternehmen könnte, darum wurde sie erst wieder auf das Gespräch aufmerksam, als Tiger sie anstupste.

»... brauchst du nur 'n Kanister Benzin, und das Zeug brennt wie die Hölle.«

»Hey, super, Mann. Und wie kommen wir rein?«

»Ich kenn das Haus doch. Hat 'ne Kellertür hinten, die kannste mit 'ner verbogenen Nadel oder mit jedem von solchen Schlüsseln hier aufschließen.«

»Stark!«

»Los, hol den Kanister aus dem Auto.«

»Wartet noch einen Moment, bis alle schlafen. Ich will dabei nich auffliegen. War heute schon mal zu früh dran.«

»Willste dich drücken?«

»Quatsch, is doch 'ne heiße Idee, da wird mir gleich wieder richtig warm.« Alfs hässliches Lachen steckte die anderen an, und Dick bemerkte mit ungewohnter Schlagfertigkeit: »Brauchste keine Jacke, nich.«

»Erkunden wir das Gelände«, schlug Erni vor, und die vier Jungen setzten sich in Richtung Mazindes Haus in Bewegung.

Kaum hatten sie die Brücke verlassen, stieß Tiger einen langgezogenen Heuler aus. Anne, in panischer Angst, entdeckt zu werden, versuchte ihn zum Schweigen zu bringen.

»Wenn die dich hören! Still, so sei doch still!«

Einige Schritte entfernt hörte man Stone kommentieren: »'ne Katze!«

»Ja, solln wir noch kurz …?«

Die vier Jungen blieben stehen und blickten in die Richtung des Gejaules. Anne machte sich ganz klein und presste sich auf den Boden. Tiger schien nichts zu erschüttern. Dick hieb Alf jedoch auf die Schultern und meinte: »Wir ham Wichtigeres zu tun.«

Gemeinsam zogen sie ab.

Was tun?

Endlich war Tiger ruhig geworden. Anne rappelte sich wieder auf und schaute ihn vorwurfsvoll an.

»Mach dir nicht in den Pelz! Das war doch klar, dass die

an uns nicht mehr interessiert waren«, erklärte er ihr mürrisch.

»Aber warum musstest du denn plötzlich derart rumjaulen?«

»Cleo hat das Recht, wenigstens eine kleine Klage zu bekommen.«

»Okay, akzeptiert. Sie war ein liebes Kätzchen.«

»Mhm«, meinte Tiger mit einem schrägen Blick auf Anne.

Jetzt, nachdem die Bedrohung vorbei war, fiel Anne wieder ein, was sie gehört hatte.

»Du, die wollen das Haus von Mazindes in Brand stecken. Da müssen wir doch etwas tun.«

»Du willst dich immer einmischen. Das ist nicht unsere Angelegenheit.«

»Aber Cleo ist unsere Angelegenheit, ja?«

»Natürlich.«

»Dann können wir den Jungs zum Ausgleich wenigstens den Spaß verderben.« Tiger war nicht überzeugt. Er putzte sich das weiße Brustfell. »Die Mazindes sind sehr nett zu uns gewesen«, versuchte Anne es auf einem anderen Weg, an ihren desinteressierten Begleiter heranzukommen. Tiger putzte sich den Schwanz. Anne dachte nach und fand dann ein neues Argument. »Nina mag die Kinder sehr. Sie würde nicht wollen, dass denen etwas passiert.«

Tiger war bei den Hinterpfoten angelangt. Anne wagte einen letzten Versuch.

»Vielleicht können wir denen Cleos Schwanz abjagen?«

Endlich hörte Tiger mit dem Putzen auf und musterte sie strafend. »Kannst du nicht einen Moment lang das Maul halten, während ich überlege, was wir machen können.«

»Pfff.« Anne murrte leise, blieb aber still und begann sich demonstrativ und energisch den Schwanz zu bürsten. Dabei rasten ihre Gedanken. Telefonieren konnte sie nicht, mit Menschen sprechen konnte sie ebenfalls nicht. Vielleicht jedoch konnte sie ins Haus der Mazindes gelangen und laut kreischen. Das schien ihr eine machbare Lösung. Außerdem fragte sie sich, ob Nina wohl noch wach war.

»Du hast gleich keine Haare mehr am Schwanz«, machte Tiger sie aufmerksam.

»Was?« Anne starrte ihn verwirrt an.

»Und zieh die Zunge zurück, sonst siehst du noch blöder aus, als du bist.«

Hastig zog Anne die rosa Zungenspitze ins Mäulchen zurück, die vergessen zwischen den Vorderzähnen hervorlugte.

Tiger blickte versonnen in die Dunkelheit, dann überlegte er laut: »Ich habe eine Idee. Dieses Nachbarhaus von uns, das mit dem Turm … Also die Menschen, die darin wohnen, sind ein bisschen komisch. Sie haben überall im Garten und an den Eingängen solche Dinger eingebaut, die einen entsetzlichen Lärm machen, wenn man an bestimmten Stellen durchkommt.«

Anne argwöhnte: »Und das habt ihr schon weidlich ausprobiert, nicht wahr? Ich kann mich recht gut an den einen oder anderen Fehlalarm erinnern, der mich aus dem Schlaf gerissen hat.«

»Na ja, nach zwei, drei Rundgängen wussten wir, wo die Dinger sind, und dann war uns der Krawall auch zu laut. Aber heute könnte das ganz nützlich sein, meinst du nicht?«

»Tiger, du bist genial.«

Tiger sonnte sich kurz in der Bewunderung und fuhr dann fort: »Ich zeige dir, wo man entlanggehen muss.«

»Wieso ich?« Anne hatte sich inzwischen ihren Einsatz anders vorgestellt.

»Weil das ungefährlich ist, du Dussel.«

»Und wo willst du den Helden spielen?«

»Überhaupt nicht, ich beobachte die Jungs und gebe dir ein Zeichen, wenn's losgeht.«

»Ob ich dir glauben kann?«

»Tu's oder lass es bleiben.« Tiger wollte unwirsch weggehen, aber Anne hielt ihn zurück.

»Ich will nicht mit dir streiten. Dazu ist die Sache zu wichtig.«

Sie setzte sich neben ihn und wartete, bis er seinen kleinen Anfall von verletztem Stolz überwunden hatte. Es dauerte nicht lange, und er wandte sich ihr mit mehr gespieltem Grimm zu: »Und wie hast du dir das Ganze gedacht?«

»Ich dachte, wir sollten Nina herausholen und ihr die Sache erzählen. Sie kann doch sicher Christian wecken und ans Fenster holen, damit jemand sieht, was da passiert.«

»Mpff ... Nina mochte Cleo. Die zwei sind oft miteinander umhergezogen. Die Idee ist nicht schlecht, auch wenn sie von dir ist.«

»Uii, welche Ehre! Darf ich die Gunst der Stunde nutzen und noch einen Vorschlag machen?«

»Red nicht so viel herum. Was willst du denn?«

»Ich möchte gerne in das Haus der Mazindes und die Leute warnen.«

»Spinnst du, da kommst du vielleicht nicht mehr raus.«

»Eben! Die vielleicht auch nicht.«

»Du löst den Alarm aus und sonst gar nichts!«

»Tiger, warum machst du mir ständig Vorschriften. Ich habe dich doch auch nie bevormundet.«

»So, hast du nicht? Und wer hat mich mit Wasser bespritzt, als ich meine Krallen an deinem Sofa gewetzt habe? Wer hat mich glauben machen wollen, Steak sei für Katzen ungesund? Wer hat mich gegen meinen Willen in einen engen, stinkenden Korb gesperrt und zum Tierarzt gefahren? Wer hat mir ein übel riechendes Flohhalsband umgewürgt? Und wer hat mir, um allem die Krone aufzusetzen, dieses grauenvolle Wurmmittel unter mein Fressen gemischt? Nicht bevormunden, dass ich nicht lache! So was nenne ich einem wehrlosen Geschöpf seinen Willen aufdrängen. Jawohl!«

Von dieser unerwarteten Tirade überwältigt schwieg Anne betroffen. Als sie ihre Sprache wiedergefunden hatte, wollte sie sich wütend rechtfertigen und setzte an: »Du musst doch einsehen, dass es nur zu deinem Besten …«

»Ach papperlapapp, hör auf damit! Sag mir lieber, wie du in das Haus hineinkommen würdest.«

Verblüfft über diesen Sinneswandel zuckten Annes Barthaare, aber sie fasste sich schnell.

»Hinter den Jungs her in den Keller und dann direkt nach oben. Ich habe mir das Haus mit Nina angesehen.«

»Dann musst du aber sehr schnell sein, damit die dich nicht bemerken. Es könnte jedoch gehen. Und wie dann weiter?«

»In eines der Schlafzimmer und kreischen.« Anne grinste. »Türen öffnen kann ich, kreischen auch, nicht wahr?«

»Ja, ja, aber dann verschwinde direkt aus dem Haus. Mir scheint, es ist da eine Menge trockenes Zeug drin.«

»Das kannst du wohl sagen! Der ganze Keller ist voll Brennholz, die Treppe nach oben ist eine gebohnerte alte Holztreppe, auf der man ausrutscht ...«

»Ach ja, glatte Treppen.«

»Sei bloß still, ich habe meine Treppe nie gebohnert.«

»Prima Hausfrau, was?«

Die Diskussion drohte schon wieder abzugleiten, als sie durch das Schlagen einer Autotür abgelenkt wurden.

»Ich glaube, es geht los«, flüsterte Anne, plötzlich ziemlich nervös. »Wir sollten zum Haus aufbrechen.«

Gemeinsam schossen die beiden los. Trotz der Aufregung genoss Anne die Bewegung ihres Körpers bei dem Sprint. Das Zusammenziehen und Strecken der Muskeln, das federnde, kaum merkliche Berühren des Untergrunds mit den Ballen und der Wind in den Schnurrhaaren begeisterten sie. Ein sehnsüchtiger Gedanke flog sie an. So würde sie gerne an Tigers Seite über die Steppe jagen. Dann aber waren sie am Haus angelangt und bremsten ihren Lauf. Möglichst leises Schleichen war erforderlich, denn entdeckt werden wollten sie von den vieren auf gar keinen Fall.

Die Brandstifter

Alf und Erni hatten das rote Auto eine Straße weiter geparkt und inzwischen den Benzinkanister geholt. Stone und Dick waren schon zur Rückseite des Hauses gegangen, um die Kellertür zu öffnen. Stone stand oben an der Kellertreppe und hielt Wache, Dick war unten an der Tür und probierte, mit einem der simplen Bartschlüssel das einfache Schloss aufzuschließen.

Lautlos schlichen Anne und Tiger unter den Büschen am Gartenzaun entlang und blieben auf gleicher Höhe mit der Kellertür stehen. Alle Sinne geschärft beobachteten sie das Geschehen.

Im Haus selbst war alles dunkel und still. Auch im restlichen Dorf war absolute Ruhe eingekehrt. Alf und Erni bogen geräuschlos um die Hausecke. Das Mondlicht war hell genug, um sicher den Weg zu finden und ihren Kameraden an der Kellertreppe zu erkennen. Stone winkte sie näher und flüsterte: »Dick hat's gleich, gib mir den Kanister. Alf, du achtest auf die Straße, und Erni bleibt hier oben.«

Der Benzinbehälter wurde übergeben und Stone sah fragend zu Dick hinunter. Ein leises, rostiges Quietschen ertönte, als die Tür aufschwang.

»Tiger, so komme ich da nicht rein. Dieser blöde Erni steht an der Treppe. Der bemerkt mich mit Sicherheit.«

»Dann lass es und weck Nina auf.«

»Nein, ich versuche es über den Balkon. Sieh mal, da sind schöne lange Ranken bis fast zum Boden. Und die Balkontür führt vermutlich direkt ins Schlafzimmer der Eltern.«

Dick und Stone tauchten wieder auf, grinsten Erni zu und liefen, so leise sie konnten, über den Rasen zur Straße. Damit verschwanden sie aus ihrem Gesichtsfeld.

Die Zeit drängte. Anne ließ sich darum auf keine Diskussion mit Tiger ein, sondern raste zur Terrasse. Tiger schaute ihr verdutzt nach und rannte dann ebenfalls los, um Nina zu wecken.

Der Balkon war fast zweieinhalb Meter hoch und hatte eine Holzbrüstung, an deren Vorderseite Blumenkästen befestigt waren, in denen Elly Mazinde allerlei blühende und rankende Pflanzen pflegte. Annes Hoffnung war, sich in einer der kräftigeren Ranken festkrallen zu können, um dann weiter hochzuklettern. Von ihrer Sprungkraft hatte sie sich bereits mehrfach überzeugen können, und so setzte sie sich auf die Hinterpfoten, konzentrierte sich und sprang.

Nicht weit genug!

Die Rebe, die sie zwischen die Krallen bekam, war zu dünn und riss unter ihrem Gewicht. Zwar kam ihr der Fallreflex zur Hilfe und sie drehte sich im Flug, wodurch sie auf den Füßen landete, war aber dennoch kurze Zeit orientierungslos. Dann witterte sie Rauch. Das spornte sie zu einem nächsten Versuch an. Diesmal erwischte sie die Balkonkante, glitt jedoch ab, weil sie sich nicht im Beton festkrallen konnte. Dabei riss sie sich eine Kralle der linken Pfote ab. Es schmerzte ein wenig, aber inzwischen war der Brandgeruch so deutlich geworden, dass sie alles daransetzte, so schnell wie möglich ins Haus zu kommen. Sie wollte sehen, ob nicht noch ein anderes ebenerdiges Fenster offen war, und lief erneut einmal um das ganze Haus. Alle erreichbaren Fenster waren geschlossen oder die Jalousien zugezogen. Doch als sie hinter dem Haus die Kellertreppe hinunterspähte, erkannte Anne den Schlüssel, der noch im Schloss der Tür steckte. An dem Schlüsselbund baumelte der Katzenschwanz langsam hin und her.

In der Zwischenzeit hatte Tiger das Katzentreppchen zum Balkon von Christians Wohnung erklommen und maunzte am gekippten Fenster nach Nina. Die war sofort munter und hörte sich die Kurzfassung von Tigers Geschichte mit wachsender Empörung an.

»Cleo, arme kleine Cleo«, widmete sie ihrer Freundin ein kurzes Gedenken. Dann wurde sie sehr schnell wieder ganz sachlich. »Natürlich werde ich Christian wecken, und anschließend laufe ich zu Anne hinüber, um ihr nötigenfalls zu helfen.«

»Ich werde mal in dem Nachbarhaus mit dem Turm ein wenig Krawall auslösen, danach komme ich auch zu Mazindes.«

»Viel Glück«, wünschte Nina.

»Bis dann.«

Tiger eilte das Treppchen hinunter, ohne auch nur einmal auszurutschen, und schlüpfte dann zwischen Hecken und Gartenzäunen zu Annes Nachbargrundstück, auf dem das alarmgesicherte Haus stand.

Die Bewegungsmelder waren an der Auffahrt, der Haustür und den zwei Verandatüren angebracht. Der untere am Gartentor zur Auffahrt löste nur eine Festbeleuchtung aus, die drei anderen verursachten einen infernalischen Lärm durch das Aktivieren eines akustischen Signals, das wie ein überdimensionaler Wecker losdröhnte. Als die Anlage vor einigen Jahren installiert worden war, hatten die sporadischen Fehlalarme, ausgelöst durch herumstreifende Tiere, den Bewohnern nicht eben die Sympathie ihrer Nachbarn eingetragen. Einige Male aber war es auch kein Fehlalarm gewesen und hatte so die Bewohner vor Einbruch und Diebstahl bewahrt. Die Täter waren allerdings unerkannt entkommen.

Jetzt war es Tigers Bestreben, möglichst alle Systeme in Aktion zu setzen. Er begann am Gartentor. Der Infrarotstrahl war günstig angebracht. Etwa in Kniehöhe eines Erwachsenen sendete er seine Energie quer über den Gartenweg. Tiger durchschritt ihn mit erhobenem Haupt und aufgerichtetem Schwanz.

So, das Licht brannte.

Es blendete ihn kurz, aber dann hatten sich seine Pupillen an die gleißende Helligkeit gewöhnt, und er marschierte zügig voran, um sich den Alarmanlagen an den Fenstern zu widmen. Diese waren etwas höher, in der Griffhöhe der Türöffner angebracht und konnten nur durch Berührung ausgelöst werden. Früher waren sie niedriger installiert gewesen, aber die Besitzer hatten schließlich auch aus den Fehlalarmen gelernt. Die beiden gesicherten Fenster lagen etwa fünf Meter auseinander. Tiger wollte so schnell wie möglich einen Alarm auslösen, um dann zu verschwinden. Der Alarm am anderen Fenster und der an der Tür wäre dann nicht mehr nötig. Er lief auf die erste Glastür zu und sprang hoch, um den sensiblen Punkt mit der Pfote zu berühren. Nichts tat sich.

Anne hatte inzwischen einen weiteren misslungenen Versuch unternommen, um auf den Balkon zu gelangen. Sie wurde langsam nervös. Zu gut konnte sie sich ausmalen, wie sich das Feuer durch das benzingetränkte Holz nach oben fraß. Holzspäne, Terpentin, Farbeimer, alte, trockene Holztäfelung ... Ihr grauste. Dann aber besann sie sich auf ihre menschliche Maxime: Erst denken, dann handeln! Sie atmete einmal tief durch und stellte nüchtern fest, dass der Balkon zu hoch für sie war. Sie brauchte eine Stufe dazwischen. Suchend sah sie sich um.

Ein Gartenstuhl stand unter dem Balkon, doch der war zu niedrig. Aber Freds neuer Stall! Der könnte helfen! Er stand zwar ein bisschen weit weg vom Balkon, aber die Weite des

Sprungs war nicht das Problem. Fred, unsanft aus dem Schlaf gerissen, sah die Katze auf sich zurasen und gab einen Laut des Entsetzens von sich.

»Entschuldigung, Fred, ich brauche deinen Stall, sonst gibt's morgen wirklich Kaninchenbraten.«

»O weh, o weh, nicht doch, nein, nein, nein«, stöhnte Fred verzweifelt, als sein Stall wackelte, weil Anne mit einem Satz hinaufgesprungen war. Von hier konnte sie weiterkommen, stellte sie zufrieden fest. George und sein Sohn hatten ganze Arbeit geleistet. Der Stall stand auf vier soliden Beinen und war so hoch gebaut, dass ein Mensch, ohne sich zu bücken, zu Fred hineinschauen konnte. Jetzt noch einen weiten Sprung, und sie hatte es geschafft.

Nun galt es in ein Zimmer zu gelangen. Sie ging zum Fenster. Ja, die Balkontür war einen Spaltbreit offen. Sie versuchte mit der Pfote diesen Spalt zu verbreitern, aber die Tür bewegte sich nicht. Als sie hoch sah, erkannte sie den Grund. Die Fenstertür war durch eine altmodische Technik mit einem Metallhaken am Rahmen befestigt, weshalb sie in dieser halboffenen Position weder zuschlagen noch weiter aufgehen konnte.

Anne erinnerte sich an Tigers Rat vom Morgen. Wo der Kopf durchging, passte auch der Rest durch. Nun, vielleicht! Es war jedoch verdammt eng! Zwei Schnurrhaare blieben auf der Strecke. Auch das schmerzte, aber dann war der Kopf durch den Spalt gezwängt. Just in diesem Moment rüttelte eine Windböe an dem Fenster, und der eine Zentimeter Spiel, den die Türöffnung hatte, hätte fast dazu geführt, dass Anne erwürgt worden wäre. Nach Luft japsend arbeitete sie sich weiter vor. Die rechte Pfote folgte dem Kopf. Jetzt hing sie quer zwischen Tür und Rahmen und bat in einem stummen Gebet, kein weiterer Windstoß möge den Spalt verkleinern.

Hier im Haus vermeinte sie schon die Flammen knistern zu hören. Auf jeden Fall war der Rauchgeruch bereits sehr deutlich wahrzunehmen. Sie zog die linke Pfote nach, dabei stieß sie sich an der schmerzenden Kralle.

»Sch… immer auf die wunden Stellen«, fluchte sie und zwängte den restlichen Körper ins Zimmer. Dann erst prüfte sie, wo sie eigentlich gelandet war. Sie hatte Glück.

Sie stand direkt vor den Betten von Elly und George Mazinde.

Nina stand vor Christians Bett und maunzte und er antwortete mit einem Schnarcher.

So ging das nicht! Nina maunzte lauter und Christian schnarchte lauter. »Männer«, murrte Nina und sprang auf das Bett. »Hach, treten, trampeln, weich, schööön!«

Kurzzeitig gab sie sich ganz dem Genuss des weichen Federbettes hin und ließ sich von ihrer Aufgabe ablenken. Pflichtbewusst wie sie war, besann sie sich jedoch sofort wieder und maunzte Christian in ihrer schönsten, heisersten Quietschstimme ins Ohr. Unwillig grunzte der Schläfer und schob Nina vom Kopfkissen, aber sie blieb unbarmherzig. Sie stieg über den schützenden Arm und quakte noch einmal lauthals: »Rrrrrauuuuus«.

Jetzt war Christian endgültig wach.

»Was willst du denn, du kleiner Quälgeist? Das ist doch noch gar nicht deine Zeit.« Er blinzelte schlaftrunken auf den Wecker, dessen Zeiger auf kurz nach Mitternacht standen. »Geh wieder in dein Körbchen, Süße«, forderte er sie auf, aber Nina zeterte nochmals: »Rrrrrrauuuuus!« Um ihre Laute zu unterstreichen, sprang sie vom Bett und blieb auffordernd mit erhobenem Schwanz am Bett stehen.

»Uha«, seufzte Christian auf, als er sich mit einem gigantischen Gähnen aus dem Bett schwang.

Liebevoll, weil er jetzt endlich verstanden hatte, was sie wollte, rieb Nina ihre Schlappohren an seinem nackten, behaarten Schienbein.

»So, so, schmusen willst du?«, meinte der Umschnurrte, schon wieder versöhnt, und streichelte ihr den schönen, hellen Kopf, aber das war es doch schon wieder nicht. Noch einmal dachte Nina entrüstet »Männer!« und schoss ins Wohnzimmer. Auffordernd jaulte sie zum letzten Mal: »Rrrrrauuuus!!!!«

»Weiber«, knurrte Christian hinter ihr her, setzte die Brille auf und folgte ihr auf nackten Sohlen zum Balkonfenster. In diesem Augenblick schrillte die Alarmanlage zwei Häuser weiter los. Tiger hatte also doch Erfolg gehabt.

Aus unerfindlichem Grund war die Alarmeinrichtung am ersten Fenster nicht eingeschaltet. Das hatte Tiger aber nicht wissen können. Er glaubte, er habe den richtigen Punkt nicht getroffen. Erst nach mehrmaligem Probieren hatte er aufgegeben und war zum nächsten Fenster gelaufen. Hier hatte er gleich beim ersten Mal Erfolg. Das widerwärtige Geräusch beleidigte seine Ohren und mit Höchstgeschwindigkeit verließ er das hell erleuchtete Gelände. Nur am Rande nahm er wahr, wie Türen sich öffneten, Fenster aufgerissen wurden und eine empörte Stimme brüllte: »Stellt doch endlich einer diese höllische Anlage ab!«

Alles konzentrierte sich auf das heulende, angestrahlte Haus, auf dessen Turm auch noch eine gelbe Signallampe rotierte. Keiner achtete auf Mazindes Haus, aus dem aus den unteren Fenstern bereits der Rauch quoll.

Anne entschloss sich, auf Ellys Bett zu springen, weil sie sich erhoffte, von ihr mehr Verständnis zu erhalten. Auf dem Kopfende sitzend, maunzte sie, was das Zeug hielt. Elly schlug die Augen auf und murmelte etwas in ihrer Muttersprache. Anne maunzte lauter und Elly drehte sich nach ihr um.

»Kätzchen, was du hier tun?«, flüsterte sie und streckte die Hand nach ihr aus.

Anne sprang vom Bett, rannte zur Tür und gab ihren mörderischen Schrei von sich. Entsetzt fuhr jetzt auch George auf und sah sich um. Dann rochen beide den Rauch.

»Feuer!«

»Die Kinder!«

Sie hatten die Gefahr erkannt und stürzten aus dem Zimmer. Dichter, schwarzer Rauch zog das Treppenhaus empor. Hier war der Ausgang versperrt. Elly handelte schnell. Sie riss die Laken vom Bett, reichte eines ihrem Mann und befahl, es ihm nachzutun.

Die Zimmer der Kinder lagen neben dem Aufgang, und mit den Decken vor Körper und Gesicht rissen sie die Türen der beiden Räume auf. Die heulende Alarmanlage hörten sie in der folgenden Hektik nicht.

Und auch Anne war vergessen.

Sie befand, dass sie hier weiter nicht helfen konnte, und zwängte sich auf dem Weg, den sie gekommen war, wieder aus dem Schlafzimmer.

Rettung

Christian schaute zu dem erleuchteten Gebäude hin und sah dann Nina zu seinen Füßen an, die gespannt aus dem Fenster starrte.

»Wolltest du mich auf irgendetwas aufmerksam machen?«, fragte er nachdenklich. Er machte die Balkontür auf und trat hinaus, um einen besseren Überblick zu bekommen. Nina nutzte die Gelegenheit, um aus der Wohnung zu rasen. Wie ein heller Blitz verschwand sie in der Dunkelheit. Christian folgte ihr mit den Augen und war überrascht, als sie in die entgegengesetzte Richtung von all dem Tumult verschwand. Er blickte zum Nachbarhaus und sah ungläubig Flammen aus einem Parterrefenster schlagen.

»Telefonieren und anziehen«, waren seine beiden spontanen Gedanken in dieser Krisensituation, und mit überraschendem Geschick gelang es ihm, während der Meldung des Notfalls am Telefon in seine Jogginghose zu steigen.

»… Beethovenstraße 42 oder 44. Eine Familie mit vier kleinen Kindern … Ja, kräftige Rauchentwicklung.« Er legte den Hörer auf, suchte kurz nach seinem Sweatshirt, zog seine Laufschuhe über die bloßen Füße, rannte hinaus und überquerte die Straße. Mit einem Satz, der seiner sportlichen Kondition zur Ehre gereichte, schwang er sich über den Gartenzaun und lief auf die Terrasse zu.

Die Mazindes hatten inzwischen sich und ihre Kinder auf dem Balkon in Sicherheit gebracht und wollten versuchen, das Haus zu verlassen. Christian rief ihnen schon im Laufen zu, er habe Hilfe alarmiert und die Feuerwehr sei unterwegs.

»Der Himmel möge es Ihnen danken«, sagte George Mazinde und hustete, doch Christian wischte mit einer Handbewegung jede weitere Äußerung beiseite.

»Reichen Sie mir die Kinder herunter!«, befahl er kurz.

Ohne Zögern packte George seine Jüngste und ließ sie an den Händen haltend über das Balkongeländer in die Arme des Retters gleiten. Als Christian das verängstigte kleine Bündel im Schafanzug festhielt und vorsichtig absetzen wollte, sagte eine Frauenstimme neben ihm: »Geben Sie mir die Kleine und kümmern Sie sich weiter um die anderen.«

Minni, die graublaubraune Jacke über ein langes, rosa Nachthemd gewickelt, war am Ort des Geschehens aufgetaucht, um ihre Hilfe anzubieten. Dankbar gab Christian die schluchzende Jenny weiter und holte den unnatürlich schweigsamen Benny herunter. Hustend und keuchend, denn der Rauch war inzwischen dicht geworden, weil das Feuer ins Obergeschoß übergegriffen hatte, folgten Joanna und Eddy, von ihren Eltern gehalten, nach unten.

Inzwischen waren auch schon etliche Schaulustige angekommen, die der Rettungsaktion gebannt zusahen. Hilfe bot zwar keiner an, aber wenigstens stand auch niemand im Weg. In der Ferne hörte man die Sirenen der Feuerwehr.

Nur Minni kümmerte sich liebevoll um die apathischen Kinder, die von der Katastrophe aus dem tiefsten Schlaf gerissen worden waren und jetzt in ihren dünnen Schlafanzügen in der kühlen Luft vor Schreck zitterten. Als sie jedoch die Zuschauer entdeckte, musterte sie die Gaffer missbilligend. Die sonst als sanfte Frau bekannte Minni Schwarzhaupt richtete ihren Blick fest auf die drei erregt plappernden Frauen am Gartenzaun.

»Holt Decken, Leute!«, befahl sie ihnen barsch. »Sehen Sie denn nicht, dass die Kinder frieren?«

Und wirklich, einige der Schaulustigen verließen zögernd den Ort des Unglücks, um das Erforderliche zu holen.

»Machen Sie Platz!«, forderte eine Stimme hinter der Menschentraube. Emil, in Bademantel und Pantoffeln, kämpfte sich nach vorne.

»Ah, Minni, dachte ich es mir doch, dass ich Sie hier antreffe. Hier sind schon mal zwei Decken und, na ja, meine Wärmflasche.«

Dankbar lächelte Minni ihn an, und er half ihr, die beiden kleinsten Kinder in die Decken zu wickeln und in sichere Entfernung vom Haus zu tragen. Eddy und Joanna hielten sich schluchzend aneinander fest und wurden dann auch von Emil mit beruhigenden Worten weggeführt.

Christian war inzwischen dabei, mit George zusammen Elly zu überreden, über die Brüstung nach unten zu steigen.

»Kommen Sie! Ich fange sie auf. Sie können nicht in dem Rauch und Qualm da oben bleiben. Das ist gefährlicher als ein verrenkter Fuß.«

Auch ihr Mann redete in ihrer Muttersprache auf sie ein; es war unschwer zu erraten, dass er sie ebenfalls drängte. Elly wirkte wie gelähmt. Obwohl sie gleich zu Beginn umsichtig und schnell reagiert hatte, war sie jetzt kurz davor, die Nerven zu verlieren und zusammenzubrechen.

Plötzlich stürzte im Haus irgendetwas mit lautem Krachen zusammen, und ein Funkenregen sprühte aus dem Dach.

»Elly, spring!«, brüllte Minni, die ihr Zaudern mitbekommen hatte. Das Krachen und der Schrei weckten Elly aus der Erstarrung, und sie kletterte, ihr Nachthemd zusammenraffend, zitternd und hustend über die Brüstung. Mit dem Mut der Verzweiflung ließ sie sich dann so plötzlich fallen, dass Christian sie nicht halten konnte. Gemeinsam gingen sie zu Boden. Christian fiel unter dem Gewicht der Frau weich auf den Rasen, aber Elly stieß mit dem Kopf auf die steinerne Beetumrandung und verlor das Bewusstsein. George, etwas behänder, nutzte wie zuvor Anne den Kaninchenstall bei seinem Abstieg, der dabei allerdings zu Bruch ging und bei Fred fast einen Herzschlag verursachte. Er kam aber unversehrt unten an und begann sich sofort um seine Frau zu kümmern.

Der erste Feuerwehrwagen und der Rettungswagen bogen mit Geheul in die Straße ein.

Der Schlüssel

Anne war von dem Balkon auf Freds Stall nach unten gesprungen und wurde dort von Nina erwartet.

»Hat geklappt! Christian hat gesehen, was los ist. Er ist zwar begriffsstutzig wie alle Menschen, aber man kann sich auf ihn verlassen.«

»Ich habe die Leute auch wach bekommen«, antwortete Anne und blieb in Gedanken versunken stehen.

»Na, dann nichts wie weg von hier!«, forderte Nina die Zögernde auf.

»Da war doch noch was …« Anne schüttelte den Kopf. »Irgendetwas furchtbar Wichtiges, Nina.«

»Komm, nichts kann so wichtig sein, wie von einem brennenden Haus wegzukommen.«

»Doch, Nina, doch! Lass mich nachdenken! Es war, als ich versucht habe hereinzukommen.«

»Dann geh wenigstens unter die Büsche, hier sind wir nur im Weg.«

Gedankenverloren tapste Anne hinter Nina her.

»War es Fred? Nein, obwohl man sich um den auch noch kümmern sollte.«

»Dies blöde Kaninchen wird schon irgendwer aus dem Stall holen. Doch wenn es wichtig war, dann streng deinen Grips jetzt mal an.«

So streng hatte Anne ihre Katzenfreundin überhaupt noch nicht erlebt, aber es half ihr, sich auf das zu konzentrieren, was sie vor dem Eindringen in den Raum gesehen hatte.

»Fenster, Treppe, Tür, Keller«, dachte sie laut. Dann fiel ihr es plötzlich wieder ein. »Ich hab's, Nina!« Aufgeregt wandte sie sich ihrer Begleiterin zu.

»Was hat du Aufregendes?«, wollte Tiger neben ihr wissen, der leise hinzugekommen war.

»Der Schlüssel steckt noch. Ich muss ihn holen.«

Sie wollte losrasen, als sie von Tiger brutal zu Boden geworfen wurde.

»Nichts dergleichen wirst du tun! Wir verschwinden von hier.«

»Lass mich los, verdammt noch mal!« Anne zappelte und wehrte sich mit all ihren vier Beinen. »Der Schlüssel mit Cleos Schwanz steckt noch in dem Schloss der Kellertür.«

»Na und? Was nützt der schon? Wahrscheinlich ist der sowieso schon verbrannt.«

»Cleos Schwanz, mein Gott, wie furchtbar, wie grausig!«

Nina bekam eine blasse Nase. »Lass Anne doch wenigstens noch mal nachschauen«, schlug sie vor.

»Nein, Nina, auf gar keinen Fall. Sie hat sich schon genug Gefahren ausgesetzt.«

»Entschuldige, ich vergaß. Dann gehe ich eben.« Nina stand auf und verschwand unter den Büschen, noch ehe Tiger etwas erwidern konnte. Sofort ließ er Anne los und rannte hinter Nina her. Anne rappelte sich auf, schüttelte kurz das Gras vom Rücken und folgte den beiden hinter das Haus.

In der Menschenmenge, die sich in der Straße und um das Grundstück versammelt hatte, standen auch Alf, Erni, Dick und Stone und mimten die unschuldig Interessierten.

»Wie konnte das nur passieren?«, rief eine Stimme in der Menge.

»Vermutlich eine defekte Leitung. Bei diesen älteren Häusern ist das nicht auszuschließen«, spekulierte ein anderer.

»Ja, bei uns hat auch mal eine Kaffeemaschine gebrannt. Das geht schneller, als man denkt.«

»Hat da nicht früher die alte Frau Rehbein gewohnt?«

»Richtig, ja. Ich meine, jetzt läuft da sogar ein Rechtsstreit um das Haus mit dem Schwager.«

»Na, der Fall hat sich jetzt erledigt.«

»Du liebe Zeit, davon bleibt nicht mehr viel übrig.«

»Sind die Leute, die da gewohnt haben, eigentlich alle rausgekommen?«

Gepflegtes Grauen überkam die Umstehenden.

»Glaube schon. Schaut, da bringen sie welche mit dem Krankenwagen weg.«

»Die werden es wohl kaum überlebt haben. Die fahren nicht mit Blaulicht.«

»Das kommt bestimmt morgen in der Zeitung.«

»Passt auf, gleich bricht der Dachstuhl zusammen! Wir sollten ein Stück zurückgehen.«

Unter den Schaulustigen befanden sich auch die Brandstifter. Alf und Erni sahen sich an. Ihnen war inzwischen ziemlich mulmig zumute. Die Bemerkung, die Bewohner könnten nicht überlebt haben, weckte ein unbestimmtes Gefühl der Schuld bei ihnen.

»Scheiße, wenn die draufgegangen sind«, flüsterte Alf.

Stone, der das hörte, hatte weniger Gewissensbisse. »Die werden wohl 'n bisschen zu husten haben, aber ich habe die Gören schon plärren gehört.« Er zuckte mit den Schultern und wandte sich dann Dick zu. »Na, jetzt ham wir erreicht, was du wolltest. In dem Haus brauchst du nicht mehr wohnen. Und wahrscheinlich gibt's noch 'ne schöne Versicherungssumme.« Aufmunternd schlug er dem Dicken auf die Schulter, doch der war seit geraumer Zeit sehr still und in sich gekehrt. Jetzt zuckte er zusammen.

»Hey, kommt mal 'n Stück zur Seite«, zog er die drei anderen von der Menschentraube fort.

»Was'n los, kriegste jetzt die Panik?«

»Hättste auch, wenn DEIN Schlüssel noch in der Kellertür stecken würde.«

»Waaaaaas?«

»Du Idiot, du Arsch, wie konnste den denn vergessen?«

»Ihr wolltet doch so schnell weg da«, jammerte er. »Und da war der Katzenschwanz dran, wo doch mein Name mit draufsteht.« Dick war den Tränen nahe.

Wieder war es Stone, der sich beruhigend einmischte. »Das Ding ist bestimmt verbrannt und eingeschmolzen, das wird kein Mensch mehr identifizieren können.«

»Meinst du wirklich?« Hoffnungsvoll sah ihn sein Freund an.

»Klar, guck dir das doch mal an.«

Bei dem Anblick des brennenden Hauses lief ihnen ein Schauer über den Rücken.

Nina stand am Lichtschacht und spähte die Treppe hinunter zur Kellertür. Der Wind trieb den Rauch zur anderen Seite, weshalb man an dieser Stelle einigermaßen atmen konnte. Der Zufall wollte es, dass sich das Feuer nach oben durch das Treppenhaus zwar mit Macht ausgebreitet, den Keller jedoch weitgehend verschont hatte. Daher war die Kellertür noch intakt und der Schlüssel steckte unversehrt im Schoß. An ihm baumelte der Katzenschwanz.

Nina musste würgen, als sie ihn erkannte. Dann waren Tiger und Anne wieder an ihrer Seite und sahen zusammen mit ihr herab. Sie schwiegen kurze Zeit, jeder seinen Gedanken nachhängend. Tiger knabberte an einer gesplitterten Kralle und strich sich dann über die Ohren. Anne leckte ihre schmerzende Pfote vorsichtig mit der weichen Spitze ihrer Zunge. Dann meinte Tiger wie nebenbei: »Den Schlüssel sollte man Minni bringen.«

»Ja, die würde ihn erkennen«, pflichtete Nina bei.

»Schaffst du das?«

Nina schnupperte, drehte die Ohren und prüfte den Geruch der Rauches und des Feuers. Anne schloss sich an und schärfte ihre Sinne, um alle Gefahren oder Chancen aus der Umgebung aufzunehmen und abzuwägen. Tiger war der einzige, der nach oben schaute.

»Viel Zeit habe ich nicht, aber es müsste gehen. Das Holz der Tür fängt bald an zu glühen«, teilte Nina den beiden mit.

»Pass auf, was von oben kommt! Ich glaube, das Dach wird nicht mehr lange halten«, mahnte Anne.

»In Ordnung.« Nina wandte sich an Anne und wollte wissen: »Wie bekomme ich den Schlüssel am besten aus dem Schloss? Damit habe ich keine Erfahrung.«

Anne, offensichtlich auf ihre menschliche Erfahrung angesprochen, sah sie konsterniert an.

»Das ist jetzt nicht die Zeit, um sich herumzuwundern. Antworte ihr!«

Tiger hatte wieder einmal mehr das rechte Wort zur rechten Zeit gefunden. Anne versuchte also, das Problem auf kätzische Weise zu sehen.

»Soweit ich das erkennen kann, steckt der Schüssel ein wenig zur Seite gedreht im Schloss. Abgeschlossen haben die aber bestimmt nicht, also musst du nicht versuchen, den Schlüssel ganz zu drehen. Das wäre sehr schwierig. Aber du musst ihn gerade richten, um ihn herausziehen zu können.«

»Was heißt das?« Nina betrachtete Anne aufmerksam.

»Du wirst dich am besten bis zum Schloss strecken und mit den Zähnen oder mit der Nase versuchen, den Teil des Schlüssels, der aus dem Schloss ragt, senkrecht nach unten zu schieben. Dann kannst du mit den Zähnen die Schwanzspitze packen und dich mit den Pfoten von der Tür abstoßen.«

»Urgs!«

»Nina, keine falsche Pietät, das tut Cleo jetzt nicht mehr weh.« Tiger, der Praktiker, sprang ein. »So wie Anne es sagt, könnte es funktionieren. Wir geben dir von hier oben Rat, wenn du nicht weiterkommst.«

Nina raffte sich zusammen. »Danke, Anne. Also dann los!« Sie lief die Treppe hinunter und blickte zum Schloss hoch. »Ein bisschen warm hier unten«, kommentierte sie die Lage. Dann richtete sie sich auf und stützte sich mit den Vorderpfoten wie angewiesen neben dem Schloss ab.

»Gut so, Nina«, lobte Anne sie. Dann begann für Nina der schwierige Teil, den Schlüssel in die richtige Position zu bringen. Mit den Zähnen bekam sie den Metallring nicht zu fassen, er war zu dicht am Schloss. Sie versuchte es mit dem Näschen und sprang entsetzt aufjaulend zurück.

»Das ist heiß! Ich habe mir die Nase verbrannt.«

»Mist!«, entfuhr es Anne. An diese Möglichkeit hatte sie nicht gedacht. »Soll ich dir helfen?«

»Nein, bleib du oben, da bist du wichtiger«, war die Antwort.

Tiger murmelte: »Brave Nina!« Dann rief er zu ihr hinunter: »Versuch's noch einmal.«

»Ja, aber nimm doch die rechte Pfote und stütz dich nur mit der linken auf dem Holz ab.«

Nina streckte sich wiederum und suchte ihr Gleichgewicht mit einer Pfote zu halten. Langsame, kontrollierte Bewegungen waren ihr so aber nicht möglich, darum gab sie dem Schlüssel einen etwas zu energischen Tatzenhieb. Die Folge war, dass er sich in die falsche Richtung drehte und jetzt schräg zur anderen Seite im Schloss steckte.

»Noch einmal Nina, mit der anderen Pfote«, forderte Anne sie auf.

»Geht jetzt nicht! Die Tür wird zu heiß. Ich muss erst die

Pfoten abkühlen.« Sie kam auf den Boden zurück und leckte sich die Ballen. Über ihnen krachte das Dachgebälk in der Feuersbrunst und Funken flogen in die Büsche.

»O Dreck, das wird eng.« Tiger wurde nervös. »Nina, noch ein Versuch, aber schnell jetzt.«

»Gut!«

Nina ging in Position, und diesmal führte der Schnick mit der Tatze zum gewünschten Erfolg.

»Klasse, Nina! Jetzt abstützen und ziehen!« Anne feuerte ihre Freundin an. Nina schnappte das obere Schwanzende und zog. Der Schlüssel kam aus dem Schloss, und in diesem Augenblick brach mit großem Getöse ein brennender Balken vom Dach herab.

Anne und Tiger sprangen gemeinsam mit einem gewaltigen Satz aus der Gefahrenzone, doch Nina hatte sich nicht retten können. Sie saß, Schlüsselbund im Maul, unten an der Treppe. Vor ihr begann die Tür zu brennen und über der Treppe lag der glühende Balken.

Der rettende Betonrand lag anderthalb Meter hoch und die Absprungbasis war eng und klein.

Aber Nina blieb gelassen. Seit Generationen hatten sich ihre Vorfahren als Begleiter der schottischen Clans aus brennenden Torfhütten und verwüsteten Burgen retten müssen. Wildes Heldentum glomm in ihren bernsteinfarbenen Augen, als sie sich zum Sprung bereit setzte.

Da barst die Kellertür mit einem dumpfen Knall und glühende Splitter wirbelten um sie herum. Einer traf ihr rechtes Ohr und in dem Fell verbrannten die Haare zu einem schwarzen Streifen. Die weißen Barthaare kräuselten sich in der tosenden Glut.

»JAAAUUUU!«, schrie sie auf und sprang nach oben. Dabei streifte ihr Schwanz den brennenden Holzbalken und fing Feuer. Sie sprintete schmerzgetrieben vorwärts, ohne auf ihre verbrannten Pfoten zu achten. Doch kaum drei Sprünge weiter hatte Tiger sie auf das kühle Gras des Rasens geworfen und sich schützend über Kopf und Bauch gelegt. Anne warf sich über ihren Schwanz und erstickte die Flammen zwischen dem Erdboden, Gras und ihrem eigenen Körper.

Schwer atmend lagen alle drei verknäuelt umeinander. In jedem von ihnen bebte noch die Angst nach, die sie soeben ausgestanden hatten.

Anne erholte sich als erste. Vorsichtig erhob sie sich von Ninas Hinterteil und begutachtete den Schaden. Er war nicht so schlimm wie zunächst angenommen. Das Fell der Schwanzspitze war zwar geschwärzt und roch scheußlich nach verkohltem Pelz, aber das würde nachwachsen. Die Haut selber schien keinen Schaden genommen zu haben. Anne überwand ihren Ekel vor dem Geruch und leckte sanft und beharrlich die angesengten Haare ab.

Tiger hatte sich mittlerweile auch wieder aufgerappelt und begutachtete den Schaden an Ninas anderem Ende. Das zarte, fast durchsichtige rechte Schlappohr war arg verbrannt. Die Nase war ein bisschen gerötet und die Schnurrhaare waren nicht mehr der Rede wert. Die Pfoten waren lediglich wund, das war das geringste Übel. Die Nase, gut, das war schmerzhaft, aber bald geheilt, und die Schnurrhaare würden schnell nachwachsen. Ihr Verlust bedeutete eine Zeit lang mehr eine gewisse Orientierungslosigkeit als Schmerz, doch hatte das keine entscheidenden Folgen. Am schlimmsten hatte es das Ohr erwischt. Hier würde mindestens eine lebenslange Narbe bleiben. Mit der weichsten, feuchtesten Stelle seiner Zunge begann er, das misshandelte, geknickte Ohr zu belecken. Dabei gab er die ganze Zeit leise gurrende, bedauernde und tröstende Laute von sich.

Nina erholte sich langsam. Sie öffnete die Augen und dehnte versuchshalber die Muskeln.

»Ich fühle mich wie ein gegrilltes Hacksteak«, lautete ihr erster Kommentar. »Aber das habe ich gut gemacht, nicht wahr?« Bei der letzten Bemerkung hatte sie schon wieder den Kopf gehoben und Tigers Fürsorge abgeschüttelt. »Ist alles noch dran?«, erkundigte sie sich und sah ihre beiden besorgten Helfer beklommen an.

»Na, deine Ohren waren noch nie dein Stolz. Eins davon wird wahrscheinlich ein bisschen verschrumpelt bleiben, der Rest heilt.«

Tiger, rau, aber ehrlich, gab ihr diese Auskunft.

»Meine Pfoten tun weh und mein Schwanz riecht komisch«, erkannte Nina mit Bedauern, fasste sich aber gleich wieder. »Immer noch besser eine schwarze Schwanzspitze als gar keine. Was mich an den Schlüssel erinnert!«

»Der Schlüssel ist hier und er hat sogar ein Namensschild.« Anne zerrte den Schlüsselbund herbei, den Nina bei ihrem letzten Sprung fallen gelassen hatte.

»Dann sollte einer von euch den jetzt zu Minni bringen«, schlug Nina vor.

»Nichts da, den wirst schön du zu Minni tragen. Die paar Meter schaffst du schon noch.« Tiger stupste sie zum Aufstehen in die Seite.

»Ja, das finde ich auch«, pflichtete ihm Anne bei. »Schließlich hast du ihn unter Einsatz deines Lebens hochgeholt.«

»Aber eigentlich möchte ich jetzt viel lieber nach Hause in mein Körbchen und meine Wunden lecken. Hier ist doch soviel Durcheinander.« Nina wollte sich nicht zum Aufstehen drängen lassen.

»Bis zu deinem Körbchen ist auch noch ein weiter Weg. Und da vorne ist Christian, der wird dich sicherlich tragen, wenn er dich sieht.«

Anne versuchte, an ihre Vernunft zu appellieren, da sie ahnte, dass Nina das Aufsehen scheute, das ihr diese Heldentat einbringen würde. Damit hatte sie das Richtige gesagt. Nina erhob sich, schnappte sich den Schlüssel am Schlüsselbund und ging, wobei sie die verbrannten Vorderpfoten sehr vorsichtig im weichen Gras aufsetzte, in Richtung Terrasse.

Tiger und Anne begleiteten die hinkende Kätzin noch bis zur Gartenecke, wo sie gemeinsam erkennen konnten, dass Minni und Christian sich dort noch aufhielten.

»Gut jetzt, Nina. Dein Auftritt!«

Tiger hielt an und Anne blieb neben ihm stehen. Nina ließ den Schlüssel fallen und drehte sich zu Tiger um. Stumm blickten sich beide eine Weile in die Augen. Dann berührte Tiger ganz vorsichtig Ninas Näschen.

Anne fühlte, dass sie hier Zeuge einer ganz privaten Szene wurde, obwohl sie nicht wusste, worum es ging. Taktvoll bestaunte sie den Mond. Kurz darauf war Nina bei ihr.

»Mach's gut, Anne«, sagte sie leise und ein bisschen heiser. Sie näherte ihre gerötete Nase Annes Gesicht und pustete ihr ganz sanft ihren Atem zu. Es fühlte sich wie ein Küsschen an und Anne war gerührt.

»Liebe Nina«, flüsterte sie und wollte noch etwas anfügen,

aber Nina hatte den Schlüsselbund schon wieder aufgenommen und schritt ohne einen weiteren Blick zurück auf die Menschen zu.

Ninas Auftritt

Feuerwehr, Rettungssanitäter und Polizei hatten inzwischen ein hilfreiches Durcheinander verursacht. Die Kinder waren in Decken gehüllt in einem Krankenwagen untergebracht worden und Elly wurde auf eine Trage gebettet. Sie war wieder zu sich gekommen, als man ihre blutende Platzwunde versorgte, und sah jetzt ihren Mann und Christian an, die neben ihr standen und beruhigend auf sie einredeten.

Ein junger Polizist drängte sich herbei, um eifrig Personalien aufzunehmen und nach dem Tathergang zu forschen. George und Christian wollten eben beginnen, ihm über ihre Person die gewünschten Angaben zu machen, als Elly sie unterbrach.

»Das Kätzchen noch im Haus. Müssen Sie retten. Bitte. Hat uns gewarnt.«

Der Polizist musterte sie irritiert. »Ist noch jemand im Haus?«, fragte er mit einem entsetzten Blick auf die Flammenhölle, die die Feuerwehrleute unter Kontrolle zu bringen versuchten.

»Ja, vielleicht kleine graue Katze, hat uns gewarnt«, erklärte Elly hartnäckig.

»Macht Ihre Frau sich jetzt etwa Gedanken um eine Katze?«, wollte der Polizist ungläubig von George wissen.

»O ja, jetzt erinnere ich mich. Wir sind wirklich durch eine Katze auf das Feuer aufmerksam geworden. Aber ich glaube,

Elly, die hat sich schon vor uns aus dem Staub gemacht.« Er streichelte beruhigend die Hand seiner Frau und sah dann die beiden anderen Männer an. »Es war wirklich sehr eigenartig. Ich weiß gar nicht, wie sie ins Haus gekommen ist, doch plötzlich stand sie auf unserem Bett und kreischte herzzerreißend.«

Alarmiert mischte sich Christian ein: »War sie cremefarben und mit abgeknickten Ohren?« Er fürchtete plötzlich um seine Nina, die in Richtung Haus verschwunden war.

»Nein, nein, war graue Katze«, antwortete Elly. «Nicht Ihre Katze. Nina kenne ich.«

Christian atmete auf, doch der Polizist, durch das Gerede über Haustiere von seiner Pflicht abgehalten, machte der Unterhaltung ein Ende, indem er wieder auf das Thema Personalien kam. Zum zweiten Mal wurde er jedoch daran gehindert, alles aufzunehmen, denn jetzt kam der Notarzt mit zwei Sanitätern, die sich um das Ehepaar Mazinde kümmerten und den pflichtbewussten Gesetzeshüter auf den nächsten Tag verwiesen.

»Diese Leute stehen unter Schock und die Frau ist verletzt. Sie können morgen mit dem behandelnden Kollegen im St. Magdalenen-Hospital sprechen, ob sie vernehmungsfähig sind«, erklärte der Arzt.

Die Sanitäter hoben die Trage auf und brachten Elly zu ihren Kindern in den Krankenwagen. George stand auf und wollte sie begleiten, aber ihm knickten die Beine weg, sodass der Arzt und Christian ihn stützen mussten.

Als die Krankenwagen davongerollt waren, kehrte Christian zu dem Polizisten zurück, der inzwischen ein anderes Opfer gefunden hatte.

Minni gab zu Protokoll, sie sei zweiundfünfzig Jahre, verwitwet, wohne in der Beethovenstraße 30 und sei von Beruf Krankenschwester. Sie wirkte müde und noch ein wenig zerzauster als sonst und fror in ihrer unförmigen Jacke.

Ja, sie sei eine der ersten an dem brennenden Haus gewesen, weil die Alarmanlage sie geweckt und sie den Rauch gerochen habe. Und, nein, Verdächtige habe sie nicht gesehen.

Christian trat hinzu und legte der älteren Frau schützend den Arm um die Schultern.

»Können Sie Ihre Fragen nicht auch noch morgen stellen, Herr ...« Er schaute auf das Namensschild an der Uniform des Polizisten. »... Herr Müller?«, fragte er. »Sehen Sie, wir sind alle ein wenig müde und Frau Schwarzhaupt muss vermutlich schon sehr früh wieder zum Dienst.«

»Wir müssen alle unseren Dienst machen, auch zu dieser Stunde«, belehrte ihn der tugendsame Beamte und erntete von Minni und Christian ein müdes Grinsen.

»Das Auge des Gesetzes ruhet nimmermehr«, frozzelte Minni und kicherte, bis sie ein gestrenger Blick aus ebendiesem Auge traf. »Oh, entschuldigen Sie«, bat sie mit unterwürfiger Stimme, in der noch immer der Hauch eines nachsichtigen Lächelns schwang, »ich bin ein bisschen übermüdet, dann werde ich immer albern.«

»Am besten führen Sie jetzt schnell Ihre Befragung zu Ende, denn ich muss jetzt noch nach meiner Katze suchen, die auch in diesem Tumult verschwunden ist«, sagte Christian zu dem Polizisten.

»Oh, Nina ist auch hier draußen?« Minni zog eine sorgenvolle Miene. »Hoffentlich ist ihr nichts passiert. Sie ist so eine liebevolle kleine Seele. Wenn ich sie treffe, erzählt sie mir in ihrem Katzenlatein immer ganze Romane.« Ein bisschen wehmütig fügte sie hinzu: »Mit meiner Cleo war sie auch oft zusammen, daher kenne ich sie doch.«

Polizist Müller war nahe daran, seinen Gleichmut zu verlieren. »Wenn wir jetzt *bitte* wieder zur Sache kommen könnten.«

»O ja, bitte entschuldigen Sie vielmals das abermalige Abschweifen auf Themen, die uns am Herzen liegen.« Christian wurde langsam wütend. »Schreiben Sie: Christian Braun, Ingenieur, vierunddreißig Jahre, geschieden, wohnhaft Beethovenstraße 39 und Besitzer einer Scottish Fold, cremefarben, fünf Jahre alt.«

Jetzt fühlte sich Beamter Müller endgültig auf den Arm genommen und setzte zu einem scharfen Verweis an, als sein Vorgesetzter aus dem Dunkel auftauchte.

»Guten Morgen, Herr Braun. Eine Scottish Fold, sagen Sie? Etwa das zerzauste Geschöpf, das dort auf uns zugehumpelt kommt?«

Christian und Minni starrten gleichzeitig in die gewiesene Richtung.

Da kam Nina.

Ihr Fell glänzte im letzten Feuerschein, den geschwärzten Schwanz hielt sie stolz erhoben und im Maul baumelte der Schlüsselbund. Der daran befestigten Katzenschwanz schleifte auf dem Boden, und so tapste sie leicht schwankend auf die Menschengruppe zu.

Als Christian neben ihr kniete ließ sie sich erschöpft fallen.

Auch Minni beugte sich herunter und griff, einer plötzlichen Eingebung folgend, nach dem Schlüssel.

»Was bringst du uns denn da Schönes?«, erkundigte sie sich und nahm der Katze den Gegenstand aus dem Maul. Befremdet beäugte sie das Ding in ihrer Hand einen Moment. Dann traf sie die Erkenntnis.

»Cleo«, flüsterte sie, drehte den Schlüssel um und betrachtete den Namensanhänger.

»Rainer ›Dick‹ Rehbein«, buchstabierte sie und sah auf. Sie wusste später nie zu sagen, warum ihr Blick in diesem Moment genau auf die sich vorsichtig aus der Zuschauermenge entfernenden Jungen fiel, aber sie erkannte sie und in diesem Augenblick auch die Zusammenhänge.

»Mörder, Brandstifter, Tierquäler!«, schrie Minni mit einer Stimme, die auf menschliche Art Ninas um nichts nachstand. »Haltet sie! Mörder, Brandstifter!«

Mit ausgestrecktem Arm wies sie auf die im Laufschritt fliehenden Jungen. Keiner der Umstehenden reagierte schnell genug, um sie einzuholen, und so konnten sie in der nächsten Straße verschwinden.

Verfolgung

»Verdammt, verdammt, verdammt, der Schlüssel! Die alte Kuh hat den Schüssel.«

»Was machen wir denn jetzt?« Panik stand in Dicks Augen.

»Kommt, zum Auto! Noch folgt uns keiner. Wir fahren zu Ernis Scheune. Erst mal.«

Die vier rannten weiter, Dick keuchend vor Angst und Übergewicht als Letzter.

Der ältere, behäbige Herr in Zivil stellte sich als Inspektor Wagner vor und bekam aus der aufgeregten Minni nach kurzer Zeit durch ruhiges Befragen heraus, was sie entdeckt hatte. Minni kannte die jungen Männer zumindest vom Sehen, Dick sogar ein wenig, weil er um einige Ecken herum zu ihrer Verwandtschaft gehörte.

»Sie fahren oft mit einem kleinen, aufgemotzten Auto hier herum. Danach sollten Sie jetzt Ausschau halten«, riet sie den Polizisten.

In der Ferne hörte man die Reifen eines Fahrzeugs auf dem Asphalt durchdrehen und dann einen Motor in höchster Drehzahl aufjaulen.

»Wissen Sie zufällig die Nummer des Wagens?«

Minni musste passen, aber Christian erhob sich, die schlaffe Nina im Arm, und meinte: »Hiesiges Kennzeichen, dann XX und 403 oder 408.«

»Geben Sie das sofort durch!«, befahl Inspektor Wagner seinem plötzlich in eine Nebenrolle verbannten Mitarbeiter. Der Beamte, glücklich wieder eingeschaltet zu sein, stellte seine Wichtigkeit sofort unter Beweis, indem er mit großem Getue das Funkgerät von seinem Gürtel löste und Wagentyp, Kennzeichen und Fluchtrichtung an die Kollegen in den Fahrzeugen durchgab. Als Vergehen gab er »Mord und Brandstiftung« an.

»Du lieber Gott, Müller, wer hat denn hier was von Mord gesagt?«, fuhr ihn sein Vorgesetzter an.

Polizist Müller verteidigte sich: »Die Frau dort hat doch ›Mörder‹ geschrieen.«

»Hören Sie eigentlich nie zu? Die Jungs haben vermutlich die Katze der Dame getötet. Aber was soll's? Damit werden unsere Leute wenigstens die Dringlichkeit nicht unterschätzen.«

Sein junger Mitarbeiter war jetzt völlig entnervt. »Katzen –

ständig reden diese Spinner hier von Katzen«, murmelte er vor sich hin.

Inspektor Wagner hörte das unwillige Gebrummel und klärte ihn auf: »Sehen Sie, Müller, ich habe auch zwei Katzen. Eine Faltohr-Katze, aber lange nicht ein so schönes Exemplar, wie das Ihre, Herr Braun, und eine zugewanderte Wald- und Wiesenkatze. Beide«, wandte er sich tadelnd an seinen jungen Kollegen, »sind ganz außerordentlich sensible und intelligente Tiere.« Er lächelte dann leicht bei seinem nächsten Vorschlag. »Wenn meine Kati Junge bekommt, sollten Sie eines zu sich nehmen. Es fördert die Geduld und Ausgeglichenheit, wissen Sie.«

Christian hatte sich inzwischen mit Nina auf ein Gartenmäuerchen gesetzt und untersuchte vorsichtig das zerzauste und geschwärzte Fell. Minni nahm neben ihm Platz. Sie hatte – woher auch immer – eine Blumenschale mit Wasser dabei und eine Handvoll Mullbinden. »Habe ich den Sanitätern gemopst.« Sie lächelte Christian an. »Wollen wir uns mal die verwundete Heldin ansehen.«

Minni tauchte ein wenig Mull in das Regenwasser und tupfte damit die Asche von dem Katzengesicht ab, woraufhin Nina nieste.

»Na, das war doch schon was.« Dann untersuchte sie das mitgenommene Ohr und meinte: »Damit sollten Sie zum Tierarzt mit ihr gehen, Herr Braun. Das sieht nicht gut aus.«

Nina hörte »Tierarzt« und machte sich in Christians Armen sofort völlig steif. Sie zappelte, stieß dabei mit den empfindlichen Pfoten an den Zaun und jammerte.

»Nein, aber vielleicht geht es auch so, meinen Sie nicht? Sie hasst es, zum Tierarzt gebracht zu werden.« Christian strich Nina beruhigend über den Rücken. Minni hielt ihr die Wasserschale hin und tauchte die Pfoten hinein. Da die Abkühlung Erleichterung bot, ließ sich Nina das ruhig gefallen.

»Ja, wahrscheinlich geht's auch so. Bis auf das Ohr sind die Verbrennungen nicht so schlimm. Mal sehen, was ich für sie tun kann.«

»Das wäre schrecklich lieb von Ihnen. Aber jetzt kann ich das kaum noch von Ihnen verlangen. Es ist fast zwei Uhr und Sie müssen doch heute vermutlich wieder sehr früh zu ihrem Schichtdienst im Krankenhaus«, meinte Christian.

»Das macht nichts, es wäre nicht die erste Nacht, die ich für einen Kranken durchgemacht habe. Kommen Sie, wir verarzten die Süße, und dann bekommt sie ein Häppchen Thunfisch mit einer kleinen Dosis Schmerzmittel.«

Die Jungen saßen sehr schweigsam zusammen in dem roten Wagen, den Alf über die Landstraße in Richtung Nachbarort jagte. Lange Erfahrung mit aufsehenerregenden Verfolgungsjagden aus Fernsehen und Video hatten ihn gelehrt, in brenzlichen Situationen Höchstgeschwindigkeit fahren zu müssen. Dabei waren noch keine Verfolger mit Sirenengeheul und Blaulicht hinter ihm aufgetaucht.

So waren die quietschenden Reifen, mit denen er jede Biegung nahm, deutlich in der stillen Nacht zu hören. Die schwarzen Schatten der Bäume huschten an ihnen vorbei, die Katzenaugen der Begrenzungspfähle am Straßenrand funkelten böse im Scheinwerferlicht zurück. Die weiße Mittellinie schwankte zwischen ihren Reifen, wenn sie in die Kurve gingen. Ein, zwei dunkle Silhouetten von alleinstehenden

Bauernhäusern huschten vorbei, und über eine Straßenkreuzung rasten sie, ohne auf die Ampel oder nahende Fahrzeuge zu achten.

Als sie das Hinweisschild auf den nächsten Ort von Weitem aufleuchten sahen, wähnten sie sich fast in Sicherheit. Alf drosselte die Geschwindigkeit, und Dick seufzte erleichtert: »Gleich haben wir's geschafft!«

Doch die Hoffnung trog.

Quer über der Kreuzung standen zwei Einsatzwagen der Polizei mit rotierendem Blaulicht. Eine rote Kelle wies zum Fahrbahnrand.

Doch statt der Anweisung Folge zu leisten, verlor Alf die Nerven und trat aufs Gas. Der Wagen schoss vorwärts, schleuderte im Bemühen, das Polizeifahrzeug zu umgehen, überschlug sich mit lautem Kreischen von Metall auf Asphalt und landete im Acker. Die Beamten rannten hinzu und halfen den angeschlagenen Insassen aus den Trümmern ihres Autos.

Die Jungen hatten das Glück gehabt, dass sie im ebenen Feld gelandet waren. Außer Prellungen, Schnittwunden und vielleicht ein paar gebrochenen Rippen hatten sie keine ernsthaften Verletzungen davongetragen. Schlimmer als die Schmerzen und die Wunden war die Demütigung, festgenommen zu werden.

Abschied

Tiger und Anne hatten Nina hinterhergeschaut und beobachtet, wie sie entdeckt wurde und welche Reaktionen der Schlüssel auslöste. Dann erst sagte Anne mit Erleichterung in der Stimme: »Sie hat es geschafft. Das ist gut, nicht wahr, Tiger?«

Tiger antwortete ihr nicht. Er hielt traumverloren Zwiesprache mit dem Mond, der jetzt hoch am Himmel stand, und rührte kein Härchen. »Tiger, was ist los? Bist du nicht stolz auf sie?«

Endlich wandte er den Blick vom Mond ab und sah Anne an.

»Ja, doch, wir können stolz auf uns sein.«

Das kam so tonlos und traurig, dass Anne plötzlich Mitleid mit ihm empfand. Das Gefühl verwunderte sie, denn den ganzen Tag hatte er ihr gezeigt, was er für eine starke, raue Persönlichkeit war. Er war ein Kater, dem äußerer Schein und Heldentum gleichgültig waren – also warum tat er ihr jetzt, nach vollbrachter Tat leid?

»Wir wollen nach Hause gehen, Anne. Ich möchte auf meine Decke.«

»Gut, Tiger, wir wollen ausruhen.«

Zusammen suchten sie ihren Weg unter den Büschen, Tiger langsam, Schritt vor Schritt setzend.

»Wollen wir nicht ein bisschen schneller gehen?«, schlug Anne vor.

Tiger blieb stehen und atmete schwer. »Ich bin so müde. Ich hoffe, ich schaffe es überhaupt noch.«

»Oh, Tiger, sicher schaffst du das noch. Ich suche dir auch noch etwas Schönes zu fressen, wenn wir zu Hause sind.«

Ein müder Schimmer seines kätzischen Grinsens zuckte um seine Barthaare und er riss sich noch einmal zusammen. Langsam arbeiteten sie sich bis zu der Hecke um die Terrasse vor, als Tiger abermals stehen blieb. Anne war an seiner Seite und spürte, wie er leicht schwankte.

»Ein paar Meter noch, mein Lieber, dann haben wir es geschafft. Komm, ich helfe dir, die letzten Schritte zu machen.«

Seine Stimme war zum müden Flüstern herabgesunken, als er ihr antwortete: »Ja, Anne, du musst mir bei meinen letzten Schritten helfen. Ich finde den Weg nicht mehr.«

Anne stellte sich an seine Seite, damit er ihren Körper fühlen konnte. Sie suchte den Durchschlupf durch die Sträucher und leitete Tiger dort hin.

»Siehst du, da musst du jetzt noch durch, dann sind wir vor dem Fenster.«

»Verstehst du nicht, Anne, ich kann nichts mehr sehen.«

Anne hielt entsetzt inne. Wahrscheinlich hatte er zu lange in die Flammen gesehen, vermutete sie, und ihr praktischer Sinn gab ihr eine Lösungsmöglichkeit. »Dann beiß in meine Schwanzspitze und komm mir nach«, schlug sie resolut vor.

»Das kann ich doch nicht machen, doch nicht in den Schwanz«, weigerte Tiger sich fast mit alter Energie.

»Ach, Quatsch, der wird's überleben. Hier!«

Sie zwang ihre Schwanzspitze unter Aufbringung aller mentalen Kräfte, an Tigers Nasenspitze zu kitzeln. Der Kater schnappte sanft, aber fest zu, und so zogen die beiden durch das Unterholz auf die Terrasse.

»Jetzt kannst du loslassen, ich bin wieder neben dir.«

Anne hatte Mitleid mit ihrem erschöpften Begleiter. Sie selber fühlte sich zwar auch müde und geschunden, und die abgebrochene Kralle schmerzte sie ein wenig, aber so angeschlagen wie Tiger war sie sicher nicht. Es musste ihn große Anstrengung gekostet haben, den ganzen Tag auf sie aufzupassen, und sie hatte es ihm noch gar nicht richtig gedankt. Vorsichtig schob sie ihn durch die Verandatür bis zum Sofa.

»Raufspringen musst du noch selber, aber es ist nicht sehr hoch. Komm, letzte Kraft noch, dann kannst du ruhen!«

Tiger blieb vor dem Sofa sitzen und schnaufte. »Gleich. Gleich springe ich. Hüpf schon mal vor.«

»Möchtest du nichts mehr fressen?«

»Nein, nein, nur liegen und ausruhen.« Er machte eine Pause. Dann murmelte er: »Bist du schon oben?«

»Nein, Tiger, ich bin noch neben dir.«

Eine Weile saßen die beiden still nebeneinander. Ihr Atem ging gleichmäßig im gemeinsamen Rhythmus und die nächtliche Stille hüllte sie ein. Im Haus war bis auf die gewöhnlichen Laute tickender Uhren und des gelegentlich tropfenden Wasserhahns nichts zu hören. Auch im Dorf war wieder Ruhe eingekehrt. Selbst die unermüdlichen Grillen hatten ihr Konzert eingestellt und der Wind hatte seinen Atem angehalten.

Annes Gedanken verloren sich noch einmal im Geschehen des Tages. Das seltsame Aufwachen, die Jagd, die Einsichten in das Wesen der anderen Katzen, das Grauen und Entsetzen in den Flammen. Tigers beständiges, raubeiniges, aber gewissenhaftes Kümmern um ihre Belange, sein ulkiger Eigensinn, der sie zum Lachen brachte und ihn zornig machte, wenn er zu einem Fehler führte. Die Eleganz, mit der er dann ihren Rat angenommen hatte, ohne dabei vor sich selbst das Gesicht zu verlieren. Seine herbe Sprache, die nur bei Nina hin und wieder etwas milder wurde.

Sie schaute den stillen Kater neben sich an, der mit geschlossenen Augen und müde hängendem Unterkiefer mit ihr vor dem Sofa saß. Da fiel ihr plötzlich ein, was in den letzten Minuten anders geworden war.

»Vorhin hast du mich das erste Mal mit ›Anne‹ angeredet, Tiger.«

»Mhm.« Ein klein wenig Energie kehrte in seinen Körper zurück. »Ich muss jetzt hochspringen, sonst schaffe ich es nie mehr«, sagte er mehr zu sich selbst. Er rückte sich ein wenig zurecht und machte einen schwerfälligen Satz auf die Decke, drehte sich einmal um sich selbst und ließ sich dann fallen.

»Komm hoch, ich muss noch mit dir reden.« Anne folgte der Aufforderung und legte sich auf das Polster. »Komm näher zu mir, Anne, bitte. Mir wird so kalt.«

Sofort kroch Anne zu ihm auf die Decke und drückte ihren Körper an sein Fell. So lagen sie im Dämmerschein der Wohnung. Mondlicht und der gelbliche Schimmer einer Straßenlaterne füllten das Viereck des Fensters. Anne fühlte, wie sich seine Rippen bei jedem mühsamen Atemzug hoben und senkten und wie sein erschöpftes Katzenherz unter dem weißen Pelz in der Brust schlug.

Leise, kaum hörbar, fing er an zu reden.

»Wenn du nachher aufwachst, Anne, wirst du alles vergessen haben, was du heute erlebt hast. Vielleicht wirst du dich hin und wieder wie an einen fernen Traum daran erinnern, aber nie, dass es wirklich geschehen ist. Aber du wirst uns manchmal mit anderen Augen sehen, und auch einige Katzen werden wissen, was geschehen ist. Nina zum Beispiel und Jakob. Auch Tim und Tammy und manche fremde Katze, die du heute noch gar nicht kennst. Weißt du, es ist nichts Ungewöhnliches, was dir passiert ist. Es kommt immer wieder vor. Wir Traumkatzen dürfen hin und wieder die Zeit aufheben, einen Menschen bei uns aufnehmen und ihm einen kleinen Ausschnitt unseres Lebens zeigen.« Tiger machte sinnend eine kurze Pause. Anne hob ein wenig den Kopf und sog die Luft ein, um zu einer Frage anzusetzen, aber Tiger unterband das sofort. »Frag nichts, Anne, alles, was ich dir sagen kann und darf, werde ich dir sagen. Dazu reicht die Zeit noch.« Er pustete ihr leicht ins Ohr und fuhr dann fort: »Du hast dich sehr geschickt angestellt als Katze, aber das habe ich eigentlich auch nicht anders erwartet.« Er brachte sogar noch ein leises Kichern zustande. »Als Mensch hast du dich auch als brauchbar erwiesen.«

Obwohl seine blinden Augen geschlossen waren, konnte er den empörten Blick doch ahnen. Leise und besänftigend fuhr er fort: »Eigentlich bist du sogar sehr gut zu mir gewesen, und das ist der eigentliche Grund, warum du diesen letzten Tag meines derzeitigen Lebens mit mir verbringen solltest. Weißt du, irgendwer hat die dumme menschliche Weisheit aufgebracht, wir Katzen hätten neun Leben. Glaub mir, es sind so viel mehr. Ich kann mich an Zeiten erinnern ... Aber der letzte Tag ist immer schwer. Ich glaube, daran gewöhnt man sich nie. Es wird so kalt, Anne, und so dunkel. Bis man dann wieder das Licht sieht. Und es ist unendlich tröstlich, wenn man dann jemanden dabei hat, der einem bei den letzten Schritten hilft. Es war so lieb von dir, dass du mich nicht bei dem Tierarzt gelassen hast und dich am Abend zu mir gesetzt hast. Ja, ja, ich weiß schon, was mit mir passiert ist. Eine kleine Weile war mein Bewusstsein nicht in meinem Körper, das heißt aber noch lange nicht, dass ich nicht merke, was vor sich geht.«

Tiger nahm seine linke Pfote und legte sie tastend auf Annes Hals. Er schwieg eine Weile, als ob er nach Worten suchen würde. Anne kuschelte sich ein bisschen näher an ihn heran, wagte aber keine Silbe zu äußern. Sein Fell war kühl und sauber und roch noch ein wenig nach Rauch. Sein Atem ging flach, kaum hörbar.

»Es ist jetzt bald so weit. Leb wohl, Anne. Obschon – ich denke, wir werden uns wieder treffen. So oder so. Und dann wirst du wissen.«

Seine Nase fand die ihre und er pustete ihr zärtlich seinen Atem in die Nase. Es war wie ein Küsschen.

»Tiger, mein liebster Tiger«, hauchte Anne und strich mit ihren Pfoten über sein weißes, mittelgescheiteltes Gesicht.

»Lass uns schlafen«, flüsterte Tiger. »Ich liebe dich.«

Schmerzliches Erwachen und eine neue Freundschaft

Anne wachte mit wehen, verkrampften Muskeln auf und merkte, dass sie völlig verdreht auf ihrem Sofa lag. Die glatten, leicht gebräunten Arme hatte sie um ihren Kater geschlungen und das Gesicht in seinem Rückenfell vergraben. Mühsam hob sie den Kopf trotz schmerzender Nackenmuskulatur und blickte auf den kleinen schwarzbraunen Pelz.

»Hallo, mein Tiger, ich bin bei dir eingeschlafen«, murmelte sie und fuhr dem reglosen Tier über den Kopf.

Erschrocken hielt sie inne.

»Tiger, Tiger, wach auf!«

Dann fiel ihr der Vorabend wieder ein. Der angefahrene Kater, den sie beim Nachhausekommen auf dem Bürgersteig gefunden hatte, der Tierarzt, der ihr seine geringen Überlebenschancen geschildert hatte, und ihre Bitte, ihn mit nach Hause nehmen zu dürfen, damit er auf seinem eigenen Deckchen sterben konnte.

Das war jetzt geschehen. Tiger atmete nicht mehr.

Ruhig und entspannt lag er auf seiner Decke und hatte – wohl in seinen letzten Bewegungen – seine beiden Vorderpfoten in Annes Hand gelegt.

Lange sah sie auf ihn herab und wagte nicht, die Hand wegzuziehen. Vage Erinnerungen an einen wirren Traum schwammen durch ihr Bewusstsein: Fell, Wärme, leise, sanfte Pfoten und das Wissen um eine unendliche Liebe. Sie gab sich träumerisch diesen schwindenden Eindrücken hin und streichelte geistesabwesend den getigerten Rücken. Irgendwoher schwangen in ihren Gedanken die Satzstückchen: »Es sind so viel mehr Leben … Wir sehen uns wieder, so oder so …«

Anne wusste nicht, wer das zu ihr gesagt oder ob sie es irgendwo gehört oder gelesen hatte, aber seltsam getröstet richtete sie sich dann ganz auf und zog langsam und vorsichtig die Hand unter Tigers weißen Pfoten weg.

Ein benommener Blick auf die Uhr sagte ihr, dass es bereits kurz vor halb neun war. Da es Samstag war, hatte sie zwar keinen Termin versäumt, aber fühlte sich doch schuldbewusst, an ihrem »Haushaltstag« verschlafen zu haben, und taumelte ins Bad. Aus dem Spiegel schaute ihr ein zerknittertes, zerrauftes Gesicht entgegen, das sie mit Mühe als das ihre erkannte. Sie hatte sich wohl nachts ein Pickelchen aufgekratzt, denn über ihrer Nase war ein dünner Kratzer zu erkennen. Dann bemerkte sie zu allem Überdruss auch noch den abgebrochenen Fingernagel des linken Mittelfingers und knabberte zornig an den ausgefransten Überresten wochenlanger Maniküre-Bemühungen. Anschließend schnüffelte sie angewidert und bemerkte das umgekippte und zerbrochene Parfümfläschchen.

»Magnolien!« Anne feuchtete einen Lappen an und wischte die eingetrockneten Spuren vom Beckenrand. Gerade als sie sich dann zu einer heißen Dusche ausziehen wollte, hörte sie aus dem Wohnzimmer jemanden rufen.

»Hallo, niemand zu Hause?«

»Moment, komme gleich«, rief sie zurück und fuhr sich mit den nassen Fingern durch das Haar, was ihre Ähnlichkeit mit einem übernächtigten Igel nur noch unterstrich.

Ihr Nachbar Christian Braun stand in der offenen Terrassentür und entschuldigte sich. »Ich habe geläutet, aber es hat niemand aufgemacht. Weil die Tür hier offen war, dachte ich mir, dass Sie zu Hause sind. Ich hoffe, ich störe nicht?«, schloss er seine kleine Entschuldigungsrede ab.

Anne sah den großen, blonden Eindringling mit der cremefarbenen Katze um die Schultern erstaunt an. »Äh ... Nun, na ja ...« Ihr fehlten bei dem Anblick die Worte. Dann sammelte sie sich und besann sich der Grundformen der Höflichkeit.

»Sehen Sie, ich bin gerade erst aufgewacht ... Kommen Sie doch herein. Ich mache uns Kaffee.« Ein zögerliches Lächeln spielte um ihre Lippen. »Den brauche ich jetzt nämlich.«

Christian kam über die Türschwelle und Nina zappelte auf seiner Schulter. Zu dem dunkelgrünen Sweatshirt hob sich ihr blasses Fell außerordentlich geschmackvoll ab, aber die schwärzliche Wunde an ihrem Ohr verdarb etwas den Gesamteindruck. Auch der wie gerupft aussehende Schwanz mit seiner versengten Spitze verstieß gegen das gängige Schönheitsideal einer Rassekatze.

»Einen Kaffee nehme ich gern an. Diese Nacht habe ich auch ziemlich wenig Schlaf gehabt«, erwiderte Christian und ließ die zappelige Nina von der Schulter in seine Arme gleiten. »Darf ich Nina herunterlassen? Sie sieht zwar ein wenig zerlumpt und übernächtigt aus, ist aber ganz sauber und von gutem Benehmen.«

Ninas Blick sprach Bände.

»Dann hat sie viel mit mir gemeinsam«, erwiderte Anne, die sich langsam klar darüber wurde, dass sie aussah, als habe sie in der Nacht einen Zug durch die Gemeinde gemacht.

Christian lachte leise auf, als er seine Katze vorsichtig auf den grauen Teppichboden absetzte, der nicht so gut zu ihrer Farbe passte. Das dunkelblaue Sofa schien da schon mehr ihrem ausgesuchten Geschmack zu entsprechen, und sie schlich sich vorsichtig in seine Nähe. »Sie haben von den Ereignissen heute Nacht überhaupt nichts mitbekommen, wie mir scheint. Ich bin eigentlich nur gekommen, weil Ihre Katze zusammen mit meiner Nina dabei eine heldenhafte Rolle gespielt hat und ich mich erkundigen wollte, wie es Ihrem Tiger geht.«

Anne erstarrte. Schweigend blickte sie durch Christian hindurch.

Nina hatte inzwischen das Sofa erreicht und sprang hoch. Da saß sie neben dem toten Tiger und stupste leicht mit ihrer geröteten Nase an seine Ohren. Dann setzte sie sich auf, und aus ihrer Kehle klang ein äußerst misstönendes Jaulen, das sich so leidenschaftlich und traurig anhörte, dass Anne zusammenzuckte.

»Sie hat ein liebevolles Gemüt aber eine schlimme Stimme, ich weiß.« Christian versuchte Anne zu beruhigen, aber aus ihrer Kehle brach in diesem Augenblick ebenfalls ein herzzerreißendes Jammern hervor. Zusammen mit der klageheulenden Nina kniete sie plötzlich vor dem stillen, leblosen Pelzchen, und der ganze Schmerz und die Trauer strömten aus ihr hervor.

Unter Schluchzen und Schniefen teilte sie Christian mit, dass sie die ganze Nacht bei ihrer sterbenden Katze verbracht hatte.

Er hörte mitfühlend zu und streichelte ihre Arme. Dann stand er auf und klapperte in der Küche herum. Schließlich kam er mit dem Kaffee und einem Schälchen Sahne für Nina zurück. Anne hatte sich ein wenig gefangen und hielt sich an der heißen Tasse fest, während er ihr in Kurzform berichtete, was sich in der Nacht an kriminellen Ereignissen abgespielt hatte.

Anne hatte sich soweit wieder beruhigt, um ihm interessiert und mitfühlend zuhören zu können, und fragte anschließend: »Und weshalb meinen Sie, Tiger sei daran beteiligt gewesen? Ich denke, ich bin um etwa acht, vielleicht halb neun hier bei ihm auf dem Sofa eingeschlafen und erst heute Morgen um kurz nach acht aufgewacht.« Sie lächelte ein tränenverschmiertes Lächeln. »Darum sehe ich auch so verbummelt aus, auch wenn Sie es mir vielleicht nicht glauben.«

»Ich will Ihnen das ganz bestimmt glauben, aber Elly Mazinde erzählte die ganze Zeit etwas von einer anderen Katze, die sie geweckt habe, und da ich Nina oft mit Tiger umherziehen gesehen habe, dachte ich, er könne es gewesen sein. Zumal er gestern Abend so um acht herum noch mal mit einer neuen Freundin bei mir zum Abendessen gewesen ist.«

»Das war bestimmt eine ähnliche Katze. Sie wissen doch, er hat das typische Aussehen der hiesigen Dorf-Rassekatzen.«

»Natürlich, das ist auch denkbar, zumal eine mir völlig fremde, aber sehr liebevolle andere kleine Katze dabei war. Ist ja auch egal. Es ist sehr traurig, dass dieser kleine Kerl sterben musste, aber vermutlich ist er diese Nacht gerächt worden.«

Dann erzählte Christian auch noch von Minni und dem Katzenschwanz und von der Festnahme der vier Brandstifter.

»Es ist äußerst wahrscheinlich, dass Tiger von diesen jungen Idioten angefahren worden ist«, meinte Anne. »Ich habe schon ein paar Mal beobachtet, wie die mit beängstigender Geschwindigkeit hier durchs Dorf gedonnert sind. Und das mit Minnis Katze tut mir ganz besonders leid. Die kleine Dreibeinige habe ich oft ganz glücklich hier unten herumspielen sehen.«

»Sind Sie eigentlich ganz sicher, dass Tiger heute Nacht nicht unterwegs war? Ich meine, wenn Sie doch so tief geschlafen haben?«

Anne sah Christian irritiert an. »Wieso meinen Sie das?«

»Na, haben Sie heute Morgen schon einen Blick in Ihre Küche getan?«, fragte er zurück.

Anne überlegte. »Seit gestern Abend nicht mehr. Warum?«

»Weil es darin aussieht wie auf dem Schlachtfeld. Etwa wie nach der Großfütterung eines Rudels Katzen.«

Anne sprang auf und stürmte in die Küche. Christian hörte ihren entsetzten Aufschrei: »Ach, du Schande!«

Er stand auf und folgte ihr. Anne stand, Hände in die Hüften gestützt, mit Empörung im Gesicht, vor dem halbausgeleerten Einkaufskorb, den zerfetzten Katzenfutterdöschen und der umgekippten Sahnepackung.

»Es scheint fast, als wäre Tiger wirklich in einem letzten Anfall von Lebenslust noch einmal aufgestanden. Ich muss wirklich sehr tief geschlafen haben. Die Tür zur Terrasse war auch die ganze Nacht offen. Das war ein Selbstbedienungsladen für alle Katzen.«

Sie schüttelte verwundert den Kopf und begann, mit raschen, effizienten Bewegungen das gröbste Durcheinander zu beseitigen. Christian hielt ihr dabei schweigend den Müllbeutel auf.

Sie erzählte weiter: »Jetzt erinnere ich mich auch wieder. Ich war schon gestern Nachmittag einkaufen, um meinen kleinen Erfolg zu feiern. Dann ist der Unfall mit Tiger dazwischen gekommen und ich habe hier alles stehen und liegen lassen. Nur gut, dass ich das Hühnchen noch in den Kühlschrank gelegt habe. Das hätte vielleicht eine Sauerei gegeben.«

»Soll ich Nina mal hochnotpeinlich befragen?«, schlug Christian, nicht ganz ernsthaft, vor.

Anne ging auf seinen leichten Ton ein: »Selbst wenn sie Ihnen antworten könnte, glauben Sie, eine so vornehme Dame von Rasse könne mit einer solchen Manscherei etwas zu tun haben? Ich denke doch, sie speist von – na sagen wir zumindest vergoldeten Tellerchen.«

»Woher denn«, antwortete Christian und wrang den Wischlappen aus. »Sie würde es zwar nie zugeben, aber da war wohl ein Großvater ... Also auf Rassekatzen-Ausstellungen würde sie nie einen Blumentopf gewinnen.«

Anne räumte die letzten Dosen in den Schrank und meinte mit leisem Bedauern: »Na, jetzt mit dem verbrannten Ohr wäre das wahrscheinlich ohnehin keine Karriere mehr für sie.«

»Nein, dafür bekommt sie das Verwundetenabzeichen und das Eiserne Kreuz und den Bundesverdienstorden und was es sonst noch so alles für Auszeichnungen gibt. Den Anblick werde ich mein Lebtag nicht mehr vergessen, wie sie da heute

Nacht, den angesengten Schwanz stolz erhoben, aus den Trümmern des brennenden Hauses auf uns zu marschierte.«

Christian hatte bei aller sonstigen Nüchternheit eine gewisse Ader zur romantischen Verklärung bei Angelegenheiten von Personen, die er mochte.

Gemeinsam gingen sie ins Wohnzimmer zurück, wo die soeben besungene Heldin friedlich und dekorativ im Sessel schlief.

»Ich muss mir irgendwas für Tiger einfallen lassen«, meinte Anne, plötzlich wieder traurig geworden. »Ich kann ihn doch nicht einfach in den Mülleimer werfen.«

Allein bei dem Gedanken begann sie wieder zu schniefen und hielt sich eines der feuchten Taschentücher an die Nase.

»Nein, das können Sie wahrhaftig nicht«, tröstete Christian sie und legte ihr die Hand auf die Schulter. »Ich habe auch schon darüber nachgedacht. Wenn Sie mich nicht für allzu kindisch halten, dann würde ich vorschlagen, wir begraben ihn heute Abend oben am Waldrand. Da beobachtet uns keiner und ein Katzengrab dort ist völlig unauffällig.«

Dankbar schaute Anne zu ihm hoch. »Das ist eine wunderbare Idee und kein bisschen kindisch. Oder ich bin genauso kindisch wie Sie.«

»Das wird's wohl sein.« Christian ließ sie los und beugte sich zu Nina. »Wach auf, altes Schlafmützchen, unser Besuch ist zu Ende. Wir müssen heute noch eine Menge erledigen.«

Nina blinzelte ihn an, machte allerdings keine Anstalten aufzustehen. Er wollte sie hochheben und sich wieder um die Schultern legen, aber sie krallte sich im Polster fest.

»Mhm, sieht aus, als müssten Sie meinen Sessel mitnehmen«, meinte Anne, die den verzweifelten Versuch beobachtete, Nina gegen ihren Willen irgendwohin zu transportieren.

»Zumindest wesentliche Teile der Polsterung. Nina, so lass doch los!« Hilflos sah Christian sich um. »Ich kann ihr doch nicht auf die Pfoten hauen, die sind doch noch ganz wund. Nina, du störrisches Schlappohr, nimm die Krallen da bitte raus!«

Er hörte, wie Anne leise zu lachen begann, und gab den Kampf auf. Kläglich grinsend meinte er zu ihr: »Sehen Sie, das war schon immer mein Problem. Viel zu weich, wenn mir jemand ernsthaft Widerstand entgegensetzt. Darf ich Sie um eine Weile Gastfreundschaft für Nina bitten, bis sie sich selbst bequemt, wieder zu mir zurückzukommen?«

Anne, zwischen Lächeln und Weinen, stimmte zu. »Besser Nina ist hier als mein Sessel bei Ihnen. Es wäre mir sogar sehr lieb, wenn sie ein bisschen hier bliebe, dann bin ich doch heute nicht ganz katzenlos.«

Christian verabschiedete sich und erklärte, am Abend zur Beisetzung wieder vorbeizukommen.

Ein sonniger Samstag neigte sich dem Ende zu, als Christian an der Haustür klingelte. Anne hatte sich im Laufe des Tages wieder in ihr gepflegtes Selbst verwandelt und stand jetzt, die widerspenstigen kurzen Haare zu einem samtigen dunklen Fell gebürstet, in schwarzen Jeans und einem weiten, weißen Hemd an der Tür. Christian hatte sich in ähnlicher Weise gewandet und hielt eine Holzkiste in der Hand.

»Hallo, haben Sie den Tag gut überstanden?«

»Ja, ich denke schon. Nina hat mich noch ein bisschen

getröstet und ist dann am frühen Nachmittag rausgelaufen. Ich nehme an, sie ist zu Ihnen gekommen.«

»Ja, ist sie. Im Vergleich zu heute Morgen sehen Sie auch schon wieder viel besser aus.«

»Na, wenigstens sind Sie ehrlich. Heute Morgen habe ich ein Bild des Grauens abgegeben. Was ist mit dieser Kiste? Kommen Sie doch herein!«

Christian folgte Anne ins Wohnzimmer und stellte die sperrige Holzkiste auf das Sofa, auf dem noch immer Tiger auf seiner Decke lag. Anne hatte es tagsüber nicht über sich gebracht, ihn von dort wegzunehmen.

»Ich dachte, wir legen ihn auf einer alten Decke hier hinein«, schlug er vor und sah sie fragend an.

»Ja, das wird gut sein. Aber auf seiner eigenen Decke soll er schon bleiben.«

Vorsichtig hoben sie die Decke mit dem kleinen Bündel Katze in die Kiste und Christian verschloss den Deckel mit einigen Klebestreifen.

»Man hat die Mazinde-Kinder und ihren Vater aus dem Krankenhaus entlassen. Sie sind vorerst in der Pension drüben im Altdorf aufgenommen worden«, berichtete er. »Elly muss noch ein paar Tage zur Beobachtung dableiben, sie hat sich bei dem Sturz eine leichte Gehirnerschütterung zugezogen.«

»Ich hoffe, man kümmert sich gut um die Familie. Mein Gott, die haben wirklich alles verloren. Und bis die Versicherungen zahlen …«

»Das ist weniger das Problem, das Geld ist schnell verfügbar. Doch versuchen Sie mal am Wochenende alles Lebensnotwendige zu kaufen! Angefangen von Zahnbürsten bis zu vernünftiger Kleidung.«

Anne stimmte ihm zu und fragte, ob er wisse, wie man helfen könne.

»Im Moment scheint alles einigermaßen im Griff zu sein, aber ich habe mich ein wenig um die beiden älteren Kinder gekümmert, damit sie von dem Unglück etwas abgelenkt werden. Sie sind mir hoffentlich nicht böse, dass ich Eddy und Joanna mit in unser Unternehmen eingeweiht habe. Sie sind vorhin vorbeigekommen, um Prinzessin Nina die Aufwartung zu machen. Meine Katze suhlt sich förmlich in Bewunderung«, fügte er schmunzelnd hinzu.

»Aber nein, die beiden sind sehr nette, aufgeweckte Kinder. Darüber bin ich kein bisschen böse. Sind Sie so weit?«

»Ja, die Kiste ist zu. Ich schlage vor, wir fahren mit meinem Wagen zum Waldrand, er ist etwas geländegängiger als Ihr kleines Ei. Die Kinder sind schon vorgelaufen, um das Grab auszuheben.«

Anne folgte Christian zu seinem Geländewagen und stieg auf den Beifahrersitz. Dabei hätte sie sich beinahe auf Nina gesetzt, die diesen Platz bereits okkupiert hatte.

»Könntest du wohl ein Stückchen rücken, oder müssen wir jetzt in gewohnter Manier den Sitz ausbauen?«

Milde Verachtung strafte diese Worte, dann krabbelte Nina auf Annes Schoß. Christian, der diese Aktion beim Einsteigen beobachtet hatte, runzelte die Stirn und meinte, dass Nina vom Autofahren schlecht werden würde.

»Also, ich übernehme keine Verantwortung für gegebenenfalls unkorrektes Verhalten meiner Katze.«

»Nur Mut, Herr Braun, den Kopf hat Nina zu Ihrer Seite gedreht.«

Sie fuhren ohne Zwischenfall die wenigen Meter zum Waldrand hoch und bogen dann auf einen Feldweg ein. Die Sonne war inzwischen schon in einem leuchtendroten Ball untergegangen und der Mond stand bereits als weiße Scheibe am dämmerigblauen Himmel. Der Wald duftete in der Abendstimmung und vereinzelte Vögel sangen ihr Nachtlied.

Eddy und Joanna begrüßten Anne scheu und zeigten ihr die Stelle, die sie für das Grab ausgesucht hatten. Es lag auf einer kleinen, von blühenden Büschen umstandenen Wiese am Rand des Waldes. Dort hatten sie in der Mitte ein Grasviereck abgetragen und eine flache Grube ausgehoben.

Anne begutachtete die Stelle und lobte dann die beiden dunkelhäutigen Kinder: »Das habt ihr wunderschön ausgesucht. Hier wird sich Tiger sicher wohlfühlen. Wie die Schlehen duften!«

Sie ließ ihren Blick durch die Runde schweifen. Bei ihren gelegentlichen Spaziergängen war sie zwar schon manchmal hier vorbeigekommen, aber so zauberhaft wie in dieser Abenddämmerung hatte sie es noch nicht erlebt.

Wenig später kam Christian mit der Kiste und sah sie fragend an. Sie nahm sie aus seinen Händen und trug sie in die Mitte des Wiesenrunds zu dem ausgehobenen Grab. Als sie ihren kleinen Freund in die Erde senkte, liefen ihr stumme Tränen über das Gesicht.

Schweigend schaufelten die beiden Kinder die Erde über das Grab und deckten die Grassoden darüber. Anne trat einen Schritt zurück und blickte still und traurig auf den kleinen, unebenen Hügel im Gras. Christian, Nina, Eddy und Joanna teilten das Schweigen mit ihr.

Durch ihre letzten Tränen flimmerte das Mondlicht, und da erkannte sie plötzlich alle. Nina neben sich, Tims und Tammys schwarzweiße Gestalten, den alten Jakob, die weiße Fleuri mit ihrem Glöckchen, Diti, elegant und schlank, Rasputin, schwarz und gefährlich, King Henry, behäbig und königlich, und viele andere mehr.

Und das Licht fiel auf Tigers silbrig glänzendes Fell.

Aufrecht saß er da und stolz.

Ein Großer unter den Katzen.

Eine Wolke zog vor den Mond und das Bild verschwamm. Nur Nina stand noch neben ihr und starrte auf den Baumstumpf vor sich.

Anne räusperte sich und sprach dann ihre Abschiedsworte.

»Leb wohl, mein Tiger, möge dein Katzenparadies eine weite goldene Steppe sein, die du mit großen Sprüngen durchqueren kannst, möge deine Jagd immer aufregend und erfolgreich sein, und möge die Sonne dir immer ein warmes Plätzchen bescheinen, auf dem du deinen Bauch ausstrecken kannst.«

Nina rieb ihr gesundes Ohr an Annes Bein und schloss sich dem an: »Mau!«

Maunzi

Raubeinig warst Du, alter Freund,
Chef im Revier und Herr im Sessel.
Dein Reich war groß und nicht umzäunt,
Du lebtest frei und ohne Fessel.

Nur selten ruhten Deine Tatzen
so sanft wie jetzt in meinen Händen.
Du warst hier groß unter den Katzen,
und doch muss nun Dein Leben enden.

Ein großer Kater, alt und weise,
vertrauensvoll auf Deinem Kissen,
die Augen blicklos, schnurrst Du leise.
Du weißt, wir werden Dich vermissen.

Alter Freund, Du schläfst jetzt ein.

Doch Liebe ist –
wird immer sein!